Jetzt lese ich!

Ende, Michael/Kruse, Max/Preußler, Otfried u. a.:
Jetzt lese ich! – Kunterbunte Geschichten zum ersten Lesen
ISBN 978 3 522 18311 6

Einbandgestaltung: Günther Jakobs
Außentypografie: Michael Kimmerle
Innentypografie: Sabine Conrad
Schrift: SchulbuchNord, Spumoni
Satz: KCS GmbH, Buchholz/Hamburg
Reproduktion: Photolitho AG, Gossau
Druck und Bindung: Livonia Print, Riga
© 2012 by Thienemann Verlag
(Thienemann Verlag GmbH), Stuttgart/Wien
Alle Rechte vorbehalten. Printed in Latvia.
5 4 3 2 1°   12 13 14 15

Thienemann Newsletter
Lesetipps und vieles mehr kostenlos per E-Mail
www.thienemann.de

Michael Ende · Max Kruse
Otfried Preußler u. a.

Jetzt lese ich!

Kunterbunte Geschichten
zum ersten Lesen

Thienemann

Inhaltsverzeichnis

Max Kruse   Roman Lang
Urmel in der See

Auf der Insel Titiwu, wo Professor
Habakuk Tibatong und seine
sprechenden Tiere wohnten, gab es
eine Höhle. Dort lebte eine große
Krabbe. Auch ihr hatte der Professor
das Sprechen beigebracht, nämlich
die Taubstummensprache. Sie ver-
ständigte sich mithilfe ihrer Zangen.
In ihrer Kindheit hatte die Krabbe in

schönen untergegangenen Schiffen
tief, tief im Meer gelebt. Aber
schreckliche und gefährliche, sehr
seltene Lebewesen hatten sie
daraus vertrieben. Aus Furcht vor
diesen Lebewesen hatte sich die
Krabbe aus dem Meer in die Höhle
auf der Insel Titiwu zurückgezogen.
Eines Nachts machte Seele-Fant,

der See-Elefant, eine merkwürdige
Beobachtung: Seltsame Geschöpfe
stiegen aus dem Meer. Sie liefen am
Strand auf und ab, als ob sie etwas
suchten. Sie redeten miteinander
und zischten und glucksten dabei.
Dann tauchten sie wieder ab.
Seele-Fant waren sie unheimlich.
Deshalb robbte er zum Professor
und erzählte ihm davon.
Der Professor erinnerte sich an das,
was die Krabbe ihm erzählt hatte.
Er sprach mit ihr und rief dann seine
Freunde zusammen, um sich mit
ihnen zu beratschlagen: das Schwein
Wutz, den Schuhschnabel Schusch,

Wawa, den Waran, Seele-Fant, Ping Pinguin, Tim Tintenklecks und natürlich das Urmel.

Der Professor sagte: „Die Krabbe glaubt, es seien die Seeungeheuer, die sie vor langer Zeit aus ihrem Haus vertrieben haben und jetzt wieder verfolgen."

„Pfrecklich!", meinte Ping Pinguin, der statt „sch" immer „pf" sagte.

Der Professor nickte. „Wir müssen der Krabbe helfen. Ihr wisst ja, dass ich Tauchtabletten erfunden habe. Sie ermöglichen es jedem, so lange unter Wasser zu bleiben, wie ihre Wirkung anhält."

„Und was passiert, wenn sie nicht
mehr wirken?", fragte das Urmel.
„Dann ertrinkt man, wenn man nicht
rechtzeitig wieder an die Luft
kommt."
„Ich nicht, ätsch", sagte das Urmel.
„Ich bin beides, ein Landtier und ein
Meeresbewohner!"
„Das Urmel ist auch noch stolz
darauf, ein halber Fipf zu sein",
flüsterte Ping Pinguin Wawa zu.

11

Und Wawa zischte zurück: „Es heißt
Fisch! Wann lernst du es endlich?"
Das Urmel fuhr fort: „Aber Wutz
muss dann ertrinken!"
Wutz schluchzte: „Das scheint dich
noch zu freuen, öff! Das ist nun
der Dank dafür, dass ich dich auf-
gezogen habe!"
„Nun weine nicht, Wutz", rief der
Professor ungeduldig. „Ich habe

beschlossen, die Seeungeheuer in ihrer Stadt bei den Korallenriffen zu besuchen. Ich will sie bitten, die Krabbe in Frieden zu lassen."

„Ich komme mit!", rief das Urmel. Niemand wollte den Professor alleine gehen lassen. Nur Seele-Fant sollte zu Hause bleiben.

Der Vogel Schusch wollte mit-kommen, solange sie sich nicht unter Wasser begaben. So konnte er im Notfall Seele-Fant zu Hilfe holen.

Tim Tintenklecks baute ein Floß aus Baumstämmen.

Bald war es fertig und sie segelten über den Ozean.

Der Professor stand mit dem
Fernglas vorne.
Tim Tintenklecks
steuerte.
Wutz wurde in ihrer Schlummer-
tonne hinterhergezogen.
Wawa döste in der Sonne.
Schusch stand auf einem
Bein und klapperte
müde mit den Augen.
Und das Urmel und Ping
Pinguin vergnügten sich oft in
den Wellen.

Nach einigen Tagen sagte der Professor: „Ich glaube, wir sind da!"

„Ich sehe aber keine Schiffe. Und keine Korallenriffe. Und keine Seeungeheuer!", rief das Urmel.

„Natürlich nicht. Die sind alle tief, tief in der See – also in der Tiefsee", erklärte der Professor.

Sie beschlossen Ping Pinguin
vorauszuschicken. Er sollte
herausfinden, wie sie in die Stadt
der Seeungeheuer kamen.
Ping Pinguin schluckte eine Tauchtablette und verschwand in den
Wellen. Viele Stunden blieb er aus.

Erst als die Sonne sank, kehrte er
zurück. Und dann erzählte er.
Er war in der Stadt gewesen! Glück-
licherweise hatte ihn keines der
Ungeheuer bemerkt.
„Gut gemacht, Ping Pinguin!", sagte
der Professor. „Morgen tauchen wir
zusammen hinab."
Aber nun mussten sie erst einmal
schlafen.
Nur das Urmel schlief nicht. Es
wollte zu den Seeungeheuern.
Ping Pinguin hatte sie so
beschrieben, als ob sie ganz
ähnlich wie das Urmel aussähen.
Waren es etwa seine Verwandten?

Ganz leise stand es auf und schrieb
auf einen Zettel:

Ich bin schon vorausgeschwommen. Macht euch keine Sorgen!

Am nächsten Morgen machten sich
die anderen aber doch Sorgen.
Wutz weinte.
„Mein liebes, dummes Urmel, öff,
nun fangen dich die Seeungeheuer!"

„Wir brechen sofort auf. Wir helfen ihm!", rief der Professor.

Sie banden sich alle mit einem langen Seil zusammen, schluckten jeder eine Tauchtablette und sprangen ins Wasser.

Nur Schusch blieb auf dem Floß.

Vor dem Professor und seinen Freunden tat sich eine Welt voller Zauber auf. Die Fische waren gelb und rot und blau und grün. Sie waren lang und kurz und rund und schlank.

Je tiefer unsere Freunde kamen, desto dunkler wurde es.

Aber nun begannen – o Wunder! –
einige Fische selbst zu leuchten.
Ping Pinguin, der sich hier ja schon
auskannte, führte die anderen.
So kamen sie zu einer Tür in einem
großen Korallenriff. Dahinter
wohnten die Seeungeheuer.
Ein wenig zögerten unsere Freunde.
Würden sie je wieder heraus-
kommen?
Doch Wutz quiekte: „Denkt an das
Urmel, öff!"
Als sie sich der Tür näherten,
entdeckten sie einen riesengroßen,
graugrünen Stein.
Plötzlich richtete sich dieser auf.

Er sah aus wie eine Schildkröte
ohne Panzer, mit einem langen
Schwanz und einem langen Hals.
„Der Seeungeheuer-Türhüter!",
erklärte Ping Pinguin.
Der Türhüter forderte sie mit
einer Verbeugung auf hinein-
zuschwimmen.

„Leb wohl, geliebtes Titiwu, öff! Ich seh dich nie mehr wieder", seufzte Wutz.

Sie schwebten hinein. Und wenn vorher alles schon so wunderbar gewesen war, jetzt fühlten sie sich wie in einem Märchen.

Auf Balken, Masten, Vorbauten und Schiffsgeländern saßen glimmende Meerestiere.

Es gab auch leuchtende Pflanzen.
Laternentragende Fische begleiteten
ihren Zug. Es ging durch Straßen
und Gassen. Links und rechts
erhoben sich die Behausungen der
Seeungeheuer. Es waren alles
untergegangene Schiffe früherer
Zeiten. Die Straßen waren wie
ausgestorben. Die Seeungeheuer
hockten in ihren Schiffshäusern. Sie
drückten sich ihre weichen Nasen
an den Fensterscheiben platt.
Unsere Freunde kamen zu einem
besonders großen Schiff. Es hatte
mehrere Decks. Seine Masten
ragten hoch auf.

„Dies könnte ihr Rathaus sein oder das Schloss ihres Herrschers ...", murmelte der Professor. „Man scheint uns zu erwarten. Also hinein! Es bleibt uns keine andere Wahl!" Kaum waren sie drinnen, erklang die Schiffsglocke. Und als ob sie nur auf dieses Zeichen gewartet hätten, stießen nun die Seeungeheuer

ringsum die Türen und Fenster auf.
Sie quollen heraus, mit mächtigen
Leibern, Hälsen und Köpfen.

„Ach, Professor", sagte Wutz ängst-
lich, „mich verlässt aller Mut, öff!"
„Und vom Urmel ist weit und breit
nicht die kleinste Schwantsch-
spitsche zu sehen!", meinte Wawa.
Es dauerte nicht lange, da
schwamm von hinten eine Gruppe

von Seeungeheuern heran. Es waren
wohl die Seeungeheuer-Soldaten.
Sie umringten den Professor, Tim
und die Tiere und drängten sie in
einen großen Nebenraum.
An einem Tisch saß eine mächtige
Gestalt: der Oberst der Seeungeheuer. Er winkte ihnen mit
einer schwabbeligen Hand. Sie
sollten näher kommen.
Der Professor verbeugte sich. Er
stammelte: „Gut Nass, Verehrtester!
Oder wie begrüßen Sie sich hier?
Ich hörte, dass Sie unsere Sprache
sprechen. Wir wünschen uns, dass
wir Freunde werden!"

Der Riese am Tisch öffnete sein
breites Maul. Er sagte pfeifend und
gurgelnd: „So, so – pitsch, püh!
Dass wir sprechen können, habt ihr
auch schon gehört! Sehr – pitsch –
sehr schlecht!"
Das riesengroße Geschöpf sah
den Professor mit großen
Augen an.

„Schau mal, wie das Seeungeheuer glotscht!", flüsterte Wawa Ping Pinguin zu.

„Wir sind – pitsch – keine See- ungeheuer", sagte dieses böse. „Wir sind Homo-Saurier, püh. Menschen- ähnliche Saurier. Und ihr müsst – pitsch – sterben, damit niemand erfährt, dass es uns gibt, püh!"

„O du geschabte Rübe", flüsterte Wutz. „Die Wirkung der Tauchtablette lässt nach! Hast du noch eine, Professor, öff?"

„Nein", sagte der Professor verlegen. „Ich habe die Tauchtabletten in der Eile auf dem Floß vergessen!"

„Ach", seufzte Wutz, „mein liebes Urmel, öff, wir sehen dich nie mehr wieder!"

Ping Pinguin und Wawa blickten einander erschrocken an.

Der Oberst der Homo-Saurier hatte interessiert zugehört. Nun sagte er: „Ach, ihr müsst von ganz alleine sterben, wenn ihr nur lange genug unter Wasser seid, pitsch? Aber das ist ja – püh – vortrefflich! Wir Homo-Saurier töten nicht gern. Sterben aber müsst ihr alle, pitsch!"

„Aber warum denn?", rief der Professor. Auch er bekam Angst.

„Das ist sicher ein Missverständnis!
Lasst uns sofort wieder an die Luft,
dann werde ich alles aufklären."
„O nein!", rief der Homo-Saurier.
„Ihr werdet in diesem Schiff unter
Wasser eingesperrt, pitsch, bis ihr –
püh – ertrunken seid. Sterben müsst

ihr, pitsch, weil ihr unser Geheimnis kennt und wisst, püh, wo wir leben. Denn alle seltenen Lebewesen werden von den Menschen aus-gerottet, pitsch. Die Krabbe hat euch unser Versteck verraten, püh, daher werden wir auch sie umbringen. Leider, leider, pitsch, denn wir haben eigentlich ein weiches – püh – Herz und können keinem Fliegenfisch etwas antun, pitsch!"

Wutz wurde die Luft knapp. Sie quiekte laut und durchdringend: „Urmel – öff – o Urmel, öfföff, Hilfe! Hiiilfeee, Hiiilfeee … öff … öff …"

„Oje, Wutsch stirbt!", jammerte

Wawa leise. „Und ich bin auch bald so weit."

Im Hintergrund der Kajüte standen viele Homo-Saurier neugierig herum. Jetzt kam Bewegung in die Gruppe. Jemand drängte sich durch – das Urmel!

Unter seinem rechten Arm trug es ein kleines Homo-Saurier-Kind. Das Urmel erkannte sofort, dass seine Freunde in Gefahr waren. Es sprang auf den Tisch, hinter dem der Oberst der Homo-Saurier saß.

„Du bist mir ja ein schöner Onkel!", rief es. „Erst freuen wir uns, dass wir miteinander verwandt sind, weil die

Homo-Saurier irgendwie von den
Urmeln abstammen! Und jetzt willst
du meine Freunde sterben lassen?
Wenn du sie nicht gleich wieder an
die Luft lässt, dann … dann … Ich
weiß noch nicht, was ich dann
mache, Onkel Pitsch, aber es wird
furchtbar sein!"
Und das Homo-Saurier-Kind unter
seinem Arm quietschte: „Papa! Das
Urmel ist mein Freund und seine

35

Freunde – pitsch – sind auch meine
Freunde, püh! Alle!"
„Aber ich muss sie doch umbringen,
pitsch!", jammerte der Herr der
Homo-Saurier.
„Gar nichts musst du!", rief das
Urmel. „Keiner von ihnen wird euch
jemals verraten. Schließlich bin ich

ja der lebende Beweis! Ich bin noch
viel seltener als ihr. Mich gibt es nur

ein Mal und mich hat noch nie
jemand verraten. Ganz geheim
werde ich gehalten!"
„Professor, öfföff, es ist aus",
röchelte Wutz und sank zu Boden.
„Ich schwöre, nie etwas zu verraten!",
rief der Professor. „Aber jetzt hilf uns
schnell hier heraus, mir wird auch
langsam schwindlig!"
„Nun denn – pitsch, püh! Ich kann
nichts gegen mein gutes Herz tun!
Homo-Saurier! Wachen! Professor
Tibatong und seine Tiere sind von
jetzt an – pitsch – unsere Freunde!
Bringt sie hinauf – püh – an die
frische Luft!"

Jeweils zwei Wachen packten den Professor und Tim Tintenklecks. Sie schnappten sich Wutz, sie ergriffen Ping Pinguin und Wawa.
Blitzschnell schwammen sie mit unseren Freunden durch die Stadt der untergegangenen Schiffe zur Meeresoberfläche hinauf.
Der Herr der Homo-Saurier und viele Angehörige seines Volkes folgten ihnen.
Kaum waren die Freunde an der frischen Luft, erholten sich alle sehr schnell.
Am Rand des Floßes lag Seele-Fant neben Schusch.

„Ach, gut, dass ähr kommt!",
plapperte Schusch, der statt „i"
immer „ä" sagte. „Äch habe Seele-
Fant zu Hälfe geholt, weil ähr gar
nächt wäderkamt. Gerade wollte er
zu euch hänabtauchen und den Seeungeheuern seine Meinung sagen!"
„Es sind keine Seeungeheuer, es
sind meine Freunde!", rief das Urmel
fröhlich. „Und ich habe alle gerettet,
den Professor und Tim und Ping

Pinguin und Wawa. Und natürlich
Wutz! Ich bin ein Lebensretter!"
„Ja, das bist du, öff!", seufzte Wutz,
noch immer etwas ermattet. Doch
ihre rosige Farbe kehrte langsam
wieder zurück.
Der Professor und der Oberst der
Homo-Saurier schüttelten sich zum
Zeichen ewiger Freundschaft die
Hände.
Die Homo-Saurier versprachen,
jetzt auch die Krabbe in Frieden zu
lassen.
Nur Seele-Fant war traurig. Erst
holte man ihn zu Hilfe und dann
brauchte man ihn nicht. Deshalb

begann er zu singen: „Öch weuß
nöcht, was soll ös bödeutön, dass
öch so traurög bön …"
Und zu seiner großen Verwunderung
und Freude fielen die Homo-Saurier
mehrstimmig in seinen Gesang ein:
„Ich weiß nicht, pitsch, was soll es –
püh – bedeuten, dass ich so – pitsch
– traurig bin, pitsch, püh …"
Es klang schauerlich schön. Das

Urmel klatschte in die Händchen und rief: „Fein, jetzt hat Seele-Fant einen Pitschpüh-Chor!"

Und dann drehte das Urmel den Kopf zu dem Homo-Saurier-Kind, das es immer noch unter dem Arm hielt, und sagte zu ihm: „Weißt du was, die brauchen mich jetzt alle hier nicht. Wir schwimmen wieder hinunter und spielen weiter Murmeln mit den Schiffskanonenkugeln. Das wird toll!"

Rätsel

Löse das Rätsel.
Setze die Buchstaben der Wörter
zusammen.
Die durchgestrichenen Buchstaben
darfst du nicht verwenden.

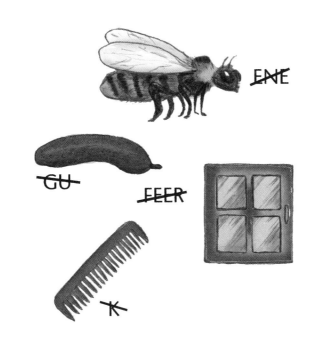

Ursula Wölfel   Bettina Wölfel

Die Geschichte
von den Nilpferden

Einmal haben drei Nilpferde im
Fluss gelegen und sich gelangweilt.
Da ist ein Mann gekommen, der
wollte die Nilpferde fotografieren.
Die drei haben ihm zugesehen, wie
er sich den Fotoapparat vor die
Augen gehalten hat.
Der Mann hat geknipst – aber da

war kein Nilpferd mehr zu sehen. Sie waren untergetaucht und der Mann hatte nur das Wasser fotografiert. Er hat gewartet. Endlich sind die Nilpferde wieder aufgetaucht. Aber sie waren jetzt viel weiter unten am Fluss.

Der Mann ist schnell dorthin gelaufen.

Die Nilpferde haben im Wasser gelegen und mit den Ohren gewedelt und zugesehen, wie der Mann gerannt ist.

Dann hat er wieder geknipst – aber da war kein Nilpferd mehr zu sehen. Der Mann hatte wieder nur das

Wasser fotografiert. Er hat sich auf einen Stein gesetzt und gewartet. Endlich sind die Nilpferde wieder aufgetaucht. Aber diesmal waren sie viel weiter oben am Fluss.

Der Mann ist gleich wieder los-gerannt.

Die Nilpferde haben im Wasser gelegen und mit ihren dünnen Schwänzen gewinkt und zugesehen, wie der Mann geschwitzt und gejapst hat.

Dann hat der Mann wieder geknipst – aber da war kein Nilpferd mehr zu sehen. Er hatte wieder nur das Wasser fotografiert.

So ist es immer weitergegangen. Die Nilpferde haben den Mann hin- und herrennen lassen, aber am Abend hatte er nur zwanzigmal das Wasser fotografiert.

Und die Nilpferde waren vergnügt, weil sie sich den ganzen Nachmittag nicht mehr gelangweilt hatten.

Edith Schreiber-Wicke   Carola Holland

Leo lernt zaubern

1. Zauberschule

„Man müsste in eine Schule gehen,
wo man zaubern lernt", sagte Leo
nachdenklich zu Teresa.
Die Rechenstunde war wie
immer endlos lang
gewesen.

Teresa antwortete nicht.

Leo blieb bei dem Thema. „Eine Zauberschule – das wär echt super", sagte er.

„Das ganze Zaubergetue geht mir schon langsam auf die Nerven", erklärte Teresa.

Es klang ein bisschen von oben herab.

Das ärgerte Leo. „Ich find's spannend", sagte er.

„Ich nicht", widersprach Teresa.

„Ich schon", beharrte Leo. Zum ersten Mal kamen ihm Zweifel, ob er später einmal Teresa heiraten sollte.

„Hast du die Geschichte gelesen von

dem Zauberer,
der …", begann
Leo.
„Jakob wartet
auf mich",
unterbrach ihn
Teresa. „Dann bis morgen."
„Bis morgen", wiederholte
Leo düster.

2. Hindernisse

„Ich mag nicht mehr in eine Schule
gehen, wo man lauter unnütze
Sachen lernt", sagte Leo.

51

Leos Mutter wandte ihren Kopf vom Bildschirm ihres Computers und schaute Leo verwirrt an. „Unnütze Sachen?", fragte sie in einem Ton, als hätte sie nicht richtig gehört.

„Ja", sagte Leo. „Unnütze Sachen."

„Und was sind, deiner Meinung nach, unnütze Sachen?", fragte Leos Mutter. „Lesen, Schreiben, Rechnen, Naturkunde und alles das?"

„Alles das", bestätigte Leo sehr entschieden.

Jetzt hatte Leos Mutter jedes Interesse an ihrem Computer verloren. Sie schaute Leo an. „Und was

sind dann, bitte schön, nütze
Sachen? Anders gefragt: Was
möchtest du denn gerne lernen?"
Die Frage kam in einem Tonfall,
den Leo nicht leiden konnte.
„Klar kann ich das sagen",
antwortete Leo. „Soll ich?"
„Ich bitte darum", nickte Leos Mutter.
„Ich will zaubern lernen", erklärte
Leo.

„Zaubern", sagte Leos Mutter tonlos.
„An welche Art von Zauber denkst
du denn da?"
„Na, an Zaubersprüche zum Beispiel,
mit denen man jemanden ver-
wandeln kann", sagte Leo.
„Wen willst du denn verwandeln?",
fragte Leos Mutter misstrauisch.
Leo dachte an Jakob und stellte sich
vor, wie er ihn in einen Laubfrosch
verwandelte.
Aber er hielt es für besser, das nicht
zu erwähnen.
„Weiß nicht", sagte er stattdessen.
„Aber es kann doch nützlich sein."
„Sehr nützlich", bestätigte Leos

Mutter. „Ich weiß gar nicht, wie ich
bisher ohne Zaubersprüche aus-
gekommen bin."
Da war schon wieder dieser Tonfall,
den Leo nicht leiden konnte.

Mussten sich denn Eltern immer so viel schlauer vorkommen als ihre Kinder?

„Hast du nicht noch deine Rechen-aufgaben zu machen?", fragte Leos Mutter jetzt auch noch zu allem Überfluss.

Leo verzog das Gesicht. „Statt Rechnen könnte man das große Hexen-Einmaleins lernen. Und in Turnen das Fliegen auf einem Besen üben."

„Das Fliegen auf einem Besen", wiederholte Leos Mutter.

„Ja", sagte Leo, „das ist cool. Eine Ratte als Haustier wär

auch nicht schlecht ...", überlegte
Leo weiter.

„Na fein, dann sparen wir eine Mahl-
zeit für die Katze", sagte Leos Mutter.

Die Katze!

Leo dachte daran, mit welcher
Bestimmtheit sie sich ausgesucht
hatte, bei wem sie wohnen wollte.
Wahrscheinlich war sie eine Zauberkatze!

„Die Katze ist eine Zauberkatze, die
frisst keine Ratten", sagte Leo.

„Also ihre Verdauung ist jedenfalls
die einer ganz normalen Katze."

Leos Mutter klang jetzt ungeduldig.
„Wolltest du nicht heute das Katzen-
klo sauber machen?" Sie wandte
sich wieder dem Computer zu.
Leo holte die kleine Schaufel. Er
rümpfte die Nase.
Ein Zauberspruch für dreckige
Katzenklos war auch dringend nötig.
Leo versuchte es: „Lirum, larum,

quid pro quo – und sauber ist das
Katzenklo."
Er wartete.
Na ja, war wohl nichts.
Leo holte den Sack mit sauberer
Streu aus dem Abstellraum.

3. Zauberkatze?

Leo saß über seinen Aufgaben. Es
war nicht viel, was er zu machen
hatte, und auch nicht schwierig, aber
total langweilig.
Er seufzte.
Irgendwo saßen jetzt angehende

Zauberer bei ihren spannenden
Aufgaben und übten die tollsten
Dinge. Machten sich unsichtbar,
verwandelten unfreundliche
Menschen in Warzenschweine,
lasen die Zukunft aus Kristallkugeln,
lernten böse Monster vertreiben.
Die Katze sprang auf Leos Schreib-
tisch und legte ihren Kopf an Leos
Wange.
Leo streichelte sie und schaute sie
forschend an.
„Bist du eine Zauberkatze?", fragte
er.
Die Katze begann, laut zu schnurren.
„Nein, nein", sagte Leo unzufrieden.

„Nur normale Katzen schnurren.
Zauberkatzen können reden. Oder
fliegen. Oder sich verwandeln."
Leo wartete.
Die Katze schnurrte lauter.
Leo seufzte und setzte sie auf den
Boden. Wahrscheinlich war sie doch
keine Zauberkatze.

„Kann ich den Nonno besuchen?",
fragte Leo.

„Meinetwegen", antwortete Leos
Mutter. „Aber ruf vorher an. Frag ihn,
ob es ihm recht ist. Dein Großvater
hat nicht immer Zeit."

Für mich schon, dachte Leo.

4. Begegnung

Es waren nur fünf Haltestellen mit
der Straßenbahn bis zur Wohnung
des Großvaters. Leo wusste ganz
genau, wo er aussteigen musste.
Er setzte sich auf einen freien Platz

am Fenster. Die Ampel zeigte Gelb,
dann Rot. Ein Radfahrer schlängelte
sich geschickt zwischen den Autos
durch. Ganz vorn an der Ampel blieb
er stehen. Ein Autofahrer hupte
verärgert. Er wollte nicht von einem

Radfahrer überholt werden. Nicht einmal an der Ampel.

Ein anderer Autofahrer bohrte gelangweilt in der Nase.

Die Ampel sprang auf Grün.

Mit einem Ruck fuhr die Straßenbahn an.

Leo schaute hinunter auf die bunten Autodächer.

Aber – was war das?

Plötzlich fuhr die Straßenbahn in eine dichte Nebelwand. Und dann hielt sie.

Die Türen öffneten sich.

Leo stand von seinem Sitz auf und ging zur mittleren Tür. Da draußen,

da stand der Zauberer aus dem
Geschichtenbuch, das er gelesen
hatte. Er sah genauso aus, wie Leo
ihn sich vorgestellt hatte. Auf einer
Schulter des Zauberers saß eine
rote Ratte. Auf der anderen eine
schwarze Katze.

„Dich gibt's wirklich?", rief Leo.

„Selbstverfreilich, unbedinglich",
nickte der Zauberer.

„Könnte ich bei dir zaubern lernen?",
wollte Leo wissen.

„Immerzeit, gleichfort, allhiero",
antwortete der Zauberer. „Komm zu
uns und folge miro."
„Ich kann jetzt nicht weg", sagte Leo.
„Mein Großvater wartet."
„Steigst du jetzt aus oder nicht?",
fragte eine ungeduldige Stimme
dicht hinter Leo.
Der Nebel war verschwunden und
mit ihm der Zauberer.
Leo kletterte die Stufen hinunter,
hinter ihm eine ärgerlich vor sich hin
brummende dicke Frau.
Fast hätte Leo die richtige Haltestelle zum Aussteigen verpasst.

5. Nonno

Leos Großvater saß an seiner Staffelei und malte. „Wie machst du das?", sagte er zu Leo. „Deine Besuche kommen immer genau zur richtigen Zeit. Ich brauche dringend eine schöpferische Pause."
Leo umarmte seinen Großvater. Dann stellte er sich neben ihn und betrachtete das Bild. Eine wirbelnde Sonne in Rot, Orange und Gold. Es wurde einem ganz warm, wenn man es ansah.
Vielleicht war der Nonno ein Zauberer?

„Es ist wunderschön", sagte Leo.

„Vielen Dank", antwortete der Nonno
und lächelte.

Sorgfältig reinigte er den Pinsel und
steckte ihn zu den anderen in einen
Krug.

Er stand auf und stellte Teewasser auf den Herd.

„Irgendein bestimmter Grund, warum du mich besuchen kommst?", fragte Leos Großvater.

Leo nickte. „Alle reden vom Zaubern", sagte er. „Ich möchte es auch lernen. Was hältst du davon?"

„Ein guter Plan", sagte Leos Großvater.

„Wirklich?", fragte Leo überrascht.

„Natürlich", nickte Leos Großvater. „Ich hab mir schon so was gedacht."

„Du hast es dir gedacht?", wunderte sich Leo. „Warum?"

„Ich weiß, wenn einer das Zeug zum

Zauberer hat", sagte Leos Großvater.

„Aber ein richtiger Zauberer, der
kann einen in ein Warzenschwein
verwandeln. Und auf einem Besen
durch die Luft fliegen. Und sich
unsichtbar machen", sagte Leo.
Leos Großvater schüttelte den Kopf.

„Glaub mir, Leo, richtige Zauberer
tun nichts dergleichen."
„Was tun sie dann?", fragte Leo.
„Du weißt es", sagte Leos Großvater.
„Ich?", wunderte sich Leo.
„Natürlich", nickte der Nonno. „Denk
an deine Katze. Die Leute, die sie
vom Land mitgebracht haben,
wollten sie nicht mehr. Ohne dich
wäre sie jetzt im Tierheim. Du hast
ihr ein Zuhause gezaubert."
„Das war doch kein Zauber", sagte
Leo.
„Doch", beharrte Leos Großvater.
„Du hast die Wirklichkeit verändert.
Das nennt man zaubern."

Leo war enttäuscht.

„Das ist aber nicht besonders
spannend", sagte er.

„Spannender als du denkst", meinte
der Großvater.

Sie tranken Tee miteinander, dann
verabschiedete sich Leo.

Es war schon dämmrig draußen

und Leo hatte versprochen, vor Ein-
bruch der Dunkelheit zu Hause zu
sein.

„Man darf die Gelegenheiten zum
Zaubern nicht übersehen", sagte
Leos Großvater zum Abschied.

6. Zaubergeld?

Die Straßenbahn fuhr Leo vor der
Nase davon.
Aus Langeweile ging er in die
Telefonzelle neben der Haltestelle.
Er griff in das Fach, in dem die nicht
verbrauchten Münzen landen.

Manchmal vergaßen die Leute, die Münzen mitzunehmen.

Vielleicht nützte diesmal ein Zauberspruch?

„Ene, meine, maune, min – heut ist eine Münze drin", murmelte Leo.

Nichts.

Nicht eine einzige.

Enttäuscht wollte Leo wieder hinausgehen, da sah er eine abgegriffene schwarze Geldbörse. Sie lag auf dem aufgeschlagenen Telefonbuch. Leo nahm die Börse und steckte sie ein.

Hatte sein Zauberspruch gewirkt?

Oder hatte der Zauberer ihm Geld

geschickt, damit er kaufen konnte,
was ein Zauberer für sein Handwerk
brauchte?

Die fünf Stationen in der Straßenbahn kamen ihm endlos vor.
Er wollte allein sein und nach-
schauen, was in der Geldbörse war.

7. Geldzauber!

Endlich stand er dann in einem
dunklen Winkel des Treppenhauses
und zählte die Scheine und Münzen
in der Geldbörse.

Na ja, keine Reichtümer.

Aber gemessen an seinem Taschengeld war es ganz schön viel.

Ob es auch für den, der das Geld verloren hatte, viel war?

Er schob den Gedanken schnell wieder weg.

Es war doch Zaubergeld!

Ganz bestimmt!

In einem Nebenfach der Geldbörse steckte ein Zettel. Auf ihm standen ein Name und eine Adresse. Die Schrift war ein bisschen zittrig. So als hätte jemand im Dunkeln geschrieben. Oder in großer Eile. Ob diese Frau Emma Mathes jetzt

schon überall nach ihrer Geldbörse
suchte?

Man darf die Gelegenheiten zum
Zaubern nicht übersehen, hörte Leo
seinen Großvater sagen.

Plötzlich war alles klar für Leo.

Na, dann zaubern wir wieder!,
dachte er.

Diesmal wird es kein Katzenzauber,
sondern ein Geldzauber.

Er wunderte sich, wie froh er auf
einmal war.

Er lief die Stufen zur Wohnung
hinauf.

Leos Mutter saß noch immer vor
dem Computer.

Leo hielt ihr die Geldbörse entgegen.
„Hab ich gefunden. Können wir sie
zurückbringen? Jetzt gleich?", rief
er.
Leos Mutter betrachtete nachdenklich den Zettel mit dem Namen
und der Adresse.

„Machen wir", sagte sie. „Es ist gar nicht weit weg."

8. Gut gezaubert!

Sie mussten mehrmals klingeln, ehe sie die Stimme von Frau Mathes aus der Gegensprechanlage hörten. „Wir haben Ihre Geldbörse gefunden", sagte Leos Mutter.

Als Antwort kam so etwas Ähnliches wie ein Schluchzen.

Am Summton erkannten sie, dass die Tür geöffnet worden war.

Gleich am ersten Treppenabsatz stand eine alte Frau in der offenen Tür zu ihrer Wohnung.

Sie trug eine dicke Brille.

Im Gesicht hatte sie rote Flecken.

Sie lächelte, aber die Aufregung war ihr noch anzumerken.

„Mein ganzes Geld für diesen Monat", sagte sie mit leiser Stimme.

„Schauen Sie nach, ob alles noch drin ist", sagte Leos Mutter.

„Es könnte ja jemand anderes … ich

meine, bevor Leo die Geldbörse
gefunden hat."
Die alte Frau holte die Scheine
heraus und hielt sie dicht an die
Augen.
„Alles da", sagte sie.
„Wollen Sie nicht
hereinkommen?
Eine Tasse Tee
vielleicht …?"
Leos Mutter
lehnte die Ein-
ladung dankend
ab.
„Wir wollen noch
einkaufen, bevor

der Supermarkt zusperrt", erklärte
sie.

„Aber der Finderlohn", sagte Frau
Mathes.

Leos Mutter schaute Leo fragend an.

Leo schüttelte entschieden den
Kopf.

Finderlohn!

Hatte man jemals gehört, dass
Zauberer Finderlohn nahmen!

9. Dann eben nicht!

Leo lag im Bett.
Das Licht war abgedreht.

Die Katze hatte es sich bei seinen
Füßen bequem gemacht.

Plötzlich stand da der Zauberer aus
dem Geschichtenbuch.

„Wie wär's mit einer Zauberstunde?
Böser Blick und Hexenkunde?",
fragte er.

„Was genau lern ich da?", wollte
Leo wissen.

„Für den Anfang hexen wir
jemandem einen Schnupfen an",
erklärte der Zauberer. „Anschließend
gehen wir zu haarigen grünen
Warzen über."

„Ihhh!", rief Leo. „So was will ich gar
nicht lernen!"

„Dann wirst du aber auch später niemanden in ein Erdferkel verwandeln können", sagte der Zauberer streng.
„Na, dann eben nicht!", murmelte Leo und war im nächsten Moment eingeschlafen.

Joachim Friedrich   Heribert Schulmeyer

Mein bester Freund und das Verlieben

Papa und ich fahren mit der Straßen-
bahn. Ich sitze am Fenster. Klar!
An einer Haltestelle stehen ein
Mann und eine Frau. Die knutschen!
Das machen Verliebte. Ich habe das
im Fernsehen gesehen. Ob das
schön ist?
„Du Papa?", frage ich Papa.

88

„Ja, Moritz? Was willst du wissen?",
fragt Papa.
Ich zeige auf den Mann und die
Frau.

„Die knutschen!", rufe ich.

„Kann schon sein", sagt Papa. „Geht das auch etwas leiser? Außerdem heißt das küssen."

„Sind die verliebt?", frage ich.

„Kann schon sein", sagt Papa.

„Waren Mama und du auch verliebt?", frage ich.

„Das sind wir immer noch", sagt Papa.

„Ist das schön?", frage ich.

Die Frau, die uns gegenüber sitzt, lacht.

Papa wird ein bisschen rot im Gesicht. „Ja", sagt er leise.

„Wie verliebt man sich denn?"

„Das lernst du noch", sagt Papa.

„Wenn du größer bist."

„Wie groß denn?", frage ich. „Wenn ich in die zweite Klasse komme?"

„Kann schon sein", sagt Papa.
Das sagt Papa immer, wenn er es
nicht so genau weiß. Mein Papa
weiß viel, aber nicht alles.
Wenn wir zu Hause sind, gehe ich
lieber zu Max.
Max ist
mein bester
Freund. Max
war schon mein
bester Freund, als
wir noch ganz klein
waren. Damals gingen wir
in den Kindergarten.
Jetzt sind wir groß und gehen in
die Schule.

Max ist Sheriff, Rennfahrer,
Forscher, Cowboy und Ritter.
Dafür bin ich Detektiv, Astronaut, In-
dianer, Seeräuber und Geisterjäger.
„Komm, wir gehen zu Max", sage ich
zu Heinz-Willi.
Heinz bellt und Willi freut sich.
Heinz-Willi ist mein Dackel.
Max hätte auch gerne einen Hund.
Er kriegt aber keinen.
Darum habe ich ihm eine Hälfte von
Heinz-Willi geschenkt.
Jetzt gehört mir die vordere und Max
die hintere Hälfte. Meine Hälfte heißt
Heinz und seine Hälfte heißt Willi.
Genau in der Mitte haben wir einen

Ring aus Leucht-
farbe gemalt.
Jetzt wissen wir,
wo Heinz aufhört
und wo Willi
anfängt.

„Warst du schon
mal verliebt?", frage ich Max.
„Verliebt?", ruft Max. „Bist du doof?"
„Mein Papa sagt, das wäre schön",
sage ich.
„Echt?", ruft Max.
„Und woher weiß dein Papa das?"
„Weil er in meine Mama verliebt ist.
Sollen wir uns auch mal verlieben?",
frage ich.

„Wenn das schön ist", sagt Max.

„Hat dein Papa denn auch gesagt,

wie man das macht?"

„Das hat er leider nicht", sage ich.

„Wahrscheinlich braucht man dazu

Mädchen", sagt Max.

„Wahrscheinlich", sage ich.

In unserer Klasse gibt es viele Mädchen. Max und ich überlegen lange, welche wir zum Verlieben nehmen sollen.

Lisa? Oder Britta? Oder Caroline? Oder Aische? Oder Evi? Oder Sarah?

Noch länger überlegen wir, was man beim Verlieben alles machen muss. Vielleicht küssen, wie der Mann und die Frau an der Haltestelle? Oder vielleicht heiraten, wie Mama und Papa? Oder vielleicht sogar Kinder kriegen?

„Vielleicht braucht man ja gar keine Mädchen zum Verlieben", sage ich.

„Wir fragen Frau Meise!", ruft Max.

Das ist eine gute Idee.

Frau Meise ist unsere Lehrerin. Sie

ist die tollste
Lehrerin der
Welt. Sie
weiß alles!
Wir wollen
Frau Meise fragen, wie man sich
verliebt.
In der Klasse trauen wir uns nicht.
Wir warten vor dem Lehrerzimmer.
„Max und ich wollen uns verlieben",
sage ich zu Frau Meise.
„Wie macht man das?"
„Da müsst ihr gar nichts machen.
Das geschieht von ganz allein", sagt
Frau Meise.
„Echt?", ruft Max.

„Wie merkt man das denn?"

„Wenn man verliebt ist, klopft das Herz ganz schnell", sagt Frau Meise. „Und die Knie zittern. Und man bekommt feuchte Hände."

„Braucht man denn Mädchen dazu?", frage ich.

„Meistens verlieben sich Jungen und Mädchen ineinander", sagt Frau Meise. „Aber Jungen können sich auch ineinander verlieben. Und Mädchen auch."

„Frau Meise sagt, wenn man verliebt ist, bekommt man feuchte Hände", erzähle ich beim Mittagessen. „Und die Knie zittern. Und das Herz klopft ganz schnell."

„Da hat Frau Meise recht", sagt Mama.

„Ist das bei Papa und bei dir auch so?"

„Warum willst du das wissen?", fragt Mama.

„Weil Papa gesagt hat, dass ihr immer noch verliebt seid", sage ich.

„Tatsächlich?", ruft Mama.

Sie steht auf und gibt Papa einen Kuss auf die Wange.

„Ihr küsst aber anders als der Mann und die Frau an der Haltestelle", sage ich.

„Wir sind ja auch schon lange
verliebt", sagt Papa.

Am Nachmittag spielen Max und ich
mit Heinz-Willi im Garten.
Da bellt Heinz und Willi freut sich.
„Wenn man lange verliebt ist, küsst
man sich auf die Wange", erzähle
ich Max.
„Ob wir auch verliebt sind?", fragt

Max. „Frau Meise sagt doch, bei Jungen geht das auch."

„Hast du Herzklopfen?", frage ich.

„Oder feuchte Hände? Oder zittern deine Knie?"

„Nee", sagt Max.

„Wir küssen uns ja auch nicht."

„Sollen wir mal?", frage ich.

Max guckt, ob keiner guckt. Dann macht er den Mund ganz spitz.

Ich gucke auch, ob keiner guckt. Dann gebe ich ihm einen Kuss auf

den Mund. Einen ganz kleinen. Er
schmeckt nach Fischstäbchen.
„Und?", fragt Max.
Meine Hände sind ganz trocken.
„Hast du Herzklopfen?", frage ich
Max.
„Nee", sagt Max. „Und meine Knie
zittern auch nicht."
„Wir kennen uns ja auch schon
lange", sage ich.
„Genau!", ruft Max.
„Wir müssen uns auf die Wange
küssen!"
Das machen wir. Einmal ich bei Max
und dann Max bei mir.
„Wieder nix", sagt Max.

„Dann brauchen wir doch Mädchen",
sage ich.
„Sollen wir Mädchen suchen?",
frage ich.
„Klar!", ruft Max. „Und dann
probieren wir, ob wir verliebt sind!"

Wir suchen auf der Straße.

Wir suchen auf dem Spielplatz.

Wir suchen auf dem Schulhof.

Wir sehen auch viele Mädchen.

Nur manche sind zu klein und
andere sind zu groß. Wieder andere
kennen wir nicht.

„Sollen wir zu Evi und Sarah
gehen?", fragt Max.

„Die ärgern uns doch immer!",
rufe ich.

„Aber es sind Mädchen", sagt Max.

Wir gehen zu Evi.

Sarah ist auch da.

„Was wollt ihr?", fragt Evi.

„Frag du", sage ich zu Max.

„Nein, frag du", sagt Max.

„Nein, du!", sage ich.

„Nein, du!", sagt Max.

„Was ist denn jetzt?", ruft Sarah.

„Habt ihr feuchte Hände?", frage ich.

„Oder Herzklopfen?", fragt Max.

„Seid ihr doof?",
fragt Evi.
„Habt ihr denn
schon mal ge-
küsst?", frage ich.
„Geküsst?", rufen
Evi und Sarah.
Sarah und Evi gucken
uns an. Eine ganze Weile. Dann
flüstern sie. Erst Evi mit Sarah, dann
Sarah mit Evi. Plötzlich lachen sie
und rennen weg.
„Bleibt stehen!", ruft Max.
Doch sie hören nicht.
Also gehen Max und ich wieder nach
Hause.

Wir spielen mit Heinz-Willi im
Garten.
Heinz bellt und Willi freut sich.
„Spielen ist besser als verliebt sein",
sagt Max.
„Das stimmt", sage ich.

Plötzlich kommen Evi und Sarah.

„Seid ihr in uns verliebt?", fragt
Sarah.

„Gar nicht!", rufe ich.

„Warum wollt ihr uns dann küssen?"

„Weil – weil man feuchte Hände
dabei bekommt", sagt Max. „Das
wollten wir ausprobieren."

„Stimmt ja gar nicht!", ruft Sarah.

„Doch!", rufe ich.

„Das sagt Frau Meise auch."

„Wir können es ja ausprobieren",
sagt Max.

„Das müssen wir erst besprechen",
sagt Sarah.

Wieder flüstern Evi und Sarah.

Evi und Sarah gehen hinter unseren
Kaninchenstall.

Wir dürfen nicht mitkommen.

Heinz-Willi auch nicht.

„Schade", sagt Max. „Heinz-Willi ist
ein prima Spion."

„Der hört alles!", sage ich.

Evi und Sarah bleiben lange hinter
unserem Kaninchenstall.

Endlich kommen sie wieder.

„Na gut", sagt Sarah. „Ihr dürft uns
küssen."

„Und wer küsst wen?", frage ich.

„Wir haben ausgelost", sagt Evi.

„Ich habe dich gewonnen und Sarah
hat Max gewonnen."

„Ausgelost?", frage ich.

Ob Mädchen das beim Verlieben
immer so machen?

Ich gehe zu Evi und Max geht zu
Sarah.

Ich mache den Mund ganz spitz und
küsse Evi.

Dann küsst Max Sarah.

Wir gucken auf unsere Hände. Sie sind ganz trocken.

„Es hat nicht geklappt", sage ich.

Wir probieren es noch einmal.

Unsere Hände bleiben wieder trocken.

„Sollen wir mal tauschen?", fragt Max.

Das machen wir.

Leider wieder keine feuchten Hände.

Dann kommt Frau Kleinlich.

Frau Kleinlich ist unsere Nachbarin.

Sie schimpft immer mit uns.

„Ja, was ist das denn?", ruft sie.

„Schämt ihr euch nicht?"

„Wir haben nur geküsst", sage ich.

„Und unsere Hände sind ganz
trocken", sagt Max.
Frau Kleinlich holt Mama und Papa.
Max und ich müssen erklären,
warum wir Evi und Sarah geküsst
haben.
„Das nehmen sie gerade in der
Schule durch", sagt Mama und
streichelt meinen Kopf.

„So was!", ruft Frau Kleinlich. „Das hat es zu meiner Zeit nicht gegeben!"

Max und ich gehen mit Mama und Papa nach Hause.

Evi und Sarah kommen mit.

„Bist du jetzt auch verliebt?", fragt Papa leise.

„Nein. Ganz bestimmt nicht", sage ich.

Evi guckt mich an und lächelt.

Da klopft mein Herz schneller.

Aber nur ein bisschen.

Edith Schreiber-Wicke   Carola Holland

„Zahlen her!", sagt der Bär

Ein schwarzer und ein weißer Hase
waren sehr verliebt.
Fünf Hasenkinder
kamen an,
da waren sie zu …

Fünf rabenschwarze Raben,
die fanden ein Klavier.
Einer wurde Pianist und weiter
flogen …

Sechs grüne Breitmaulfrösche
gingen in die Sümpf'.
Einer wurde weggeküsst,
da waren's nur noch …

Zwei kleine Saurier –
Tyrannosaurus Rex –
bekamen vier Geschwister,
zusammen waren's …

Ein Wombat in Australien schlief
und fraß für zwei.
Sein Freund Koala sagte:
„Zusammen sind wir …"

117

Zwei springlebendige Kängurus –
man sieht es deutlich hier –
trugen je ein Kängukind,
also hüpften …

Von zehn flinken Klammeraffen
gaben zwei nicht acht.
Jetzt kann man sie im Tierpark seh'n
– im Dschungel schaukeln …

Zwei riesengroße Königstiger
streiften durchs Revier.
Der Jäger, der betrunken war,
sah doppelt, also …

Ein volles Dutzend Hühnereier
war im Nest zu seh'n.
Zwei holte sich der Iltis,
jetzt sind es nur noch …

Fünf kleine Dachse fraßen
voller Gier.
Einer kriegte viel zu viel,
drum tragen ihn die …

Sieben Wanderratten sah man
unterwegs.
Eine war nicht schwindelfrei,
den Gipfel schafften …

Sieben kleine Mäuse im Kampf
um einen Keks.
Der Kater nahte ungehört,
danach waren's nur noch …

Sieben Nashorndamen strickten
dicke Strümpf'.
Zwei wollten lieber tanzen gehen,
da strickten nur noch …

Von acht rosa Schweinchen ist
eins im Stall geblieben.
Die andern sah man Fußball
spielen, und zwar alle ...

Neun wack're Seebär'n fuhr'n
mit einer Jacht.
Einer wurde ziemlich grün,
dann segelten noch ...

Von zehn braven Bibern –
wer hätte das gedacht –
verweigern zwei das Dämmebauen,
drum arbeiten nur ...

Sieben Hamsterkinder sind
ein Grund zum Freu'n.
Die stolzen Eltern sprachen:
„Zusammen sind wir …"

Von zehn schlauen Murmeltieren
hielten zwei stets Wacht.
Die anderen schliefen unbesorgt,
das heißt, es schliefen …

Ziege, Esel, Kuh und Schwein –
das verstehen wir –,
sie wollen nicht mehr Schimpfwort
sein, meinen alle …

Im Herbst kann man das Streifen-
hörnchen Nüsse sammeln sehen,
sieben gestern und drei heute, das
macht zusammen …

Neun neugierige Eisbären wollten
Venedig seh'n.
Sie nahmen einen Führer mit,
da waren sie dann …

Elf Nerze hinter Gittern fand jemand
gar nicht cool.
Er öffnete die Käfigtür, gefangen
blieben …

Sieben Bernhardiner tranken
gerne Bier.
Drei haben viel zu viel gekriegt
und weiter zogen …

Zwölf muntere Möpse badeten
im Fluss.
Sie waren zwölf und blieben zwölf.
Mit Rechnen ist jetzt Schluss.

Hortense Ullrich   Imke Sönnichsen

Leanders Geheimnis

Großes Raubmöwen-Ehrenwort

Ganz früh, um Viertel nach Hering,
stand Leander auf. Es war lause-
mause-eise-kalt.
Kein Wunder.
Leander war nämlich ein Pinguin
und lebte am Südpol. Und dort ist es
immer kalt.

Leander wollte nach China reisen.

Mit Herrn Schnabelhorst, seinem
Freund.

In China wollten die beiden Professor Bi-Huhn-Won-Ton besuchen.

Sie brauchten seine berühmte Drachen-Hals-Schmerz-Medizin.

Ein Vetter von Herrn Schnabelhorst hatte nämlich schlimme Halsschmerzen.

Leander machte sich auf den Weg zu Herrn Schnabelhorsts Höhle.

Herr Schnabelhorst war nämlich ein Vulkandrache und wohnte in einer Höhle.

Leander bog um die Ecke eines Eisberges, da stand plötzlich eine finstere Gestalt vor ihm.

„Halt, stehen geblieben!", schnarrte eine böse Stimme. „Wo willst du hin?"

Leander erschrak. Aber nur ein kleines bisschen, denn Leander war ein bisschen mutig.

Es war Rick, der Anführer der Raub-möwen-Bande. Zu Ricks Bande gehörten Ralf und Rolf, Ronn und Ross, Ronald und Roland, Rudi und Raudi.

Eigentlich wollte Leander auch gerne zur Raubmöwen-Bande gehören. Aber Rick erlaubte es nicht. Er wollte nur Raubmöwen in seiner Raubmöwen-Bande. Und keine Pinguine.

„Lass mich bitte vorbei. Ich bin in Eile", sagte Leander zu Rick.

Da tauchte auch noch Ricks Bande
auf.

Rick plusterte sich auf. „Erst sagst
du mir, was du vorhast!", verlangte
er von Leander.

„Genau!", riefen Ralf und Rolf, Ronn
und Ross, Ronald und Roland, Rudi
und Raudi und plusterten sich ebenfalls auf.

Leander schüttelte den Kopf. „Sag
ich nicht!"

„Oh doch, tust du wohl", drohte Rick.

„Und wieso?"

„Weil du Angst vor mir hast!", rief
Rick.

„Nö", sagte Leander fröhlich.

„Ach", meinte Rick und wunderte sich. Dann wurde er auf einmal freundlich. „Warum willst du mir nicht sagen, was du vorhast?"

„Weil es ein Geheimnis ist."

Nun wurde Rick noch neugieriger.

„Wenn du mir dein Geheimnis verrätst, darfst du auch Mitglied in meiner Bande sein."

„Ehrlich?", freute sich Leander.

„Großes Raubmöwen-Ehrenwort", meinte Rick.

„Also", begann Leander.

Da kam Herr Schnabelhorst.

„Einen lause-mause-eise-kalten guten Morgen wünsche ich!"

„Hallo, Herr Schnabelhorst!", rief Leander gut gelaunt. „Ich wollte Rick gerade von unserem Geheimnis erzählen."

„Ach ja?", sagte Herr Schnabelhorst. Leander überlegte kurz, dann meinte er: „Nein, lieber doch nicht. Sonst ist es ja kein Geheimnis mehr."

Herr Schnabelhorst nickte.

Rick ärgerte sich und zischte böse: „Ich hätte dir sowieso nicht erlaubt, Mitglied in meiner Bande zu werden!"

„Und ich will auch gar nicht zu deiner Bande gehören", sagte Leander.

„Wir müssen jetzt losfliegen",
mahnte Herr Schnabelhorst.
Schnell kletterte Leander auf Herrn
Schnabelhorsts Rücken.

Land in Sicht

Sie waren lange übers Meer geflogen. Plötzlich wurde der Flug sehr unruhig.

„He, Herr Schnabelhorst, wackeln Sie nicht so!", beschwerte sich Leander. „Ich fall ja gleich runter!"

„Ich kann nichts dagegen tun", meinte Herr Schnabelhorst. „Ein Taifun kommt auf uns zu."

„Taifun! Ist ja toll!", rief Leander. „Was ist ein Taifun?"

„Ein Taifun ist ein Wirbelsturm."

„Oh", machte Leander. „Ist das gefährlich?"

Doch da wurde es
bereits gefährlich.
Der Taifun wirbelte die
beiden auf und ab, nach
rechts und nach links und –
kopfüber.
Leander klammerte
sich an Herrn Schnabelhorst,
damit er nicht runterfiel.
„Ich hab keine Angst!",
rief Leander, so laut er konnte.
Denn der Taifun toste und
tobte, ratterte und knatterte,
pfiff und heulte.
„Und Sie, Herr Schnabel-
horst?"

„Angst hab ich nicht. Aber mir wird schlecht, wenn ich kopfüber fliegen muss."

„Dann machen Sie die Augen zu. Ich sag Bescheid, wenn alles vorbei ist", sagte Leander.

Aber es war noch lange nicht vorbei. Sie wurden über Felder und Wälder, Berge und Täler, Wiesen und Weiden, Flüsse und Seen geweht. Und dann – plong! – landeten sie unsanft.

Leander purzelte von Herrn Schnabelhorsts Rücken.

„Oh Mann", strahlte Leander, „das war ja ein tolles Abenteuer!"

Sie waren in einem Gebirge
gelandet.

„Wo sind wir denn hier?", fragte
Leander.

Herr Schnabelhorst schaute sich
um. „Dacht ich mir's doch!"

„Was denn?", fragte Leander.

„Fast hätte uns der Taifun bis nach
Indien geweht."

„Und wo sind wir jetzt?"

„Gerade noch in China. Im Himalaja-
Gebirge."

„Ist doch toll!", rief Leander. „Ich war
noch nie in einem Gebirge."

„Das ist sogar das höchste Gebirge
der ganzen Welt!"

Leander war begeistert. „Doppelt toll!"

„Gar nicht", meinte Herr Schnabel-horst, „denn jetzt weiß ich nicht, wie wir zu Professor Bi-Huhn-Won-Ton kommen."

Ein Panda fällt vom Himmel

„Und was machen wir jetzt?", fragte
Leander.

Herr Schnabelhorst blickte sich um.

Dann schaute er hoch in die Luft.

Etwas kam auf die beiden
zugewirbelt.

„Achtung!", rief Herr Schnabelhorst,
aber es war bereits zu spät.

Ein schwarz-weißes Knäuel landete
genau auf Leander.

Leander und das Knäuel purzelten
das Himalaja-Gebirge hinunter.

Dann blieben sie liegen.

Als sich das Knäuel entwirrt hatte,

stand ein schwarz-weißer kleiner
Bär vor Leander.
„Immer diese Taifune!", rief der Bär
ärgerlich. „Nun muss ich den ganzen
Weg zurücklaufen!"
„He! Halt! Warte mal!", rief Leander
und lief dem Bär hinterher.
„Wunderst du dich denn gar nicht,
was passiert ist?"

Der Bär schüttelte den Kopf. „Ich bin
ein Panda-Bär. Ich wundere mich nie
über etwas."
„Wirklich?", rief Leander interessiert.
Aber der Panda war schon weiter-
gelaufen.
„Warte doch!", rief Leander.
Der Panda drehte sich noch mal um.
„Keine Zeit. Ich hab's eilig!", rief er.
„Ich muss zu Professor Bi-Huhn-
Won-Ton. Er wartet bestimmt schon
auf mich. Ich bin sein Assistent."

Leander konnte sein Glück kaum
fassen.

„Herr Schnabelhorst!", rief er.

„Schnell, kommen Sie!"

Dann lief Leander hinter dem Panda
her.

„Das ist prima! Wir müssen nämlich
auch zu Professor Bi-Huhn-Won-
Ton."

Der Panda schaute misstrauisch.

„Was willst du denn bei ihm?"

„Wir brauchen Drachen-Hals-
Schmerz-Medizin!"

„Wer ist wir?", fragte der Panda.

„Herr Schnabelhorst und ich",
antwortete Leander.

In diesem Moment kam Herr
Schnabelhorst angeflogen.

Als der Panda Herrn Schnabelhorst
sah, rief er: „Hilfe! Rette sich, wer
kann!"

Schnell versteckte
er sich hinter
einem Busch.
„Keine Angst!",
rief Leander
dem Busch zu.

„Herr Schnabelhorst ist der netteste Drache, den ich kenne."

„Ehrlich?", fragte der Panda leise und kam zögernd hinter dem Busch vor.

„Ganz ehrlich", flüsterte Herr Schnabelhorst.

Er wollte nicht so laut sprechen, damit der Panda sich nicht wieder erschreckte.

„Wie kommen wir denn zu Professor Bi-Huhn-Won-Ton?", fragte Leander.

„Ganz einfach, wir müssen dem Huang He folgen", sagte der Panda.

„Wem?"

„Dem großen Gelben Fluss."

Die freche Affenbande

Sie machten sich auf den Weg.
Endlich kamen sie zu einem kleinen
Bambuswald.
„Hier wohnt Professor Bi-Huhn-Won-
Ton", erklärte der Panda.
Leander und Herr Schnabelhorst
folgten dem Panda in den Bambus-
wald.
Herr Schnabelhorst war so groß,
dass sein Kopf oben aus dem Wald
herausragte.

Plötzlich sprang ein Affe von einem Baum und stellte sich ihnen in den Weg.

Der Panda erschrak und versteckte sich hinter Leander.

Leander erschrak nur ein bisschen, denn er war ja ein bisschen mutig.

Er begrüßte den Affen freundlich.

„Was willst du hier?", sagte der Affe frech.

„Wir suchen Professor Bi-Huhn-Won-Ton."

„Ich bin Professor Bi-Huhn-Won-Ton!", rief der Affe.

„Oh", machte Leander erstaunt.

Er hatte sich den
Professor anders
vorgestellt.
Der Panda schaute
hinter Leander hervor.
„Das ist Alfons", flüsterte er
Leander zu. „Er ist ein Affe.
Und er lügt."
Aber der Affe hatte das
gehört. „Du nennst mich
einen Lügner? Na warte!",
schimpfte er. „Jetzt hole ich
meine Bande!"
Laut rief er: „Alex und Axel,
Albert und Albrecht, August
und September! Kommt her!"

Von überall aus den Bäumen kamen Affen gesprungen.

„Los, verschwindet!", rief Alfons Leander und dem Panda zu.

In dem Moment steckte Herr Schnabelhorst seinen großen Kopf in das Bambuswäldchen.

„Hallo!", sagte er mit seiner tiefen dunklen Stimme.

Die ganze Affenbande kreischte affenartig durcheinander und sauste affenschnell aus dem Wald.

„Wo ist nun Professor Bi-Huhn-Won-Ton?", fragte Herr Schnabelhorst.

„Hier oben!", piepste es zaghaft aus einem der Bambusbäume.

Dort saß ein kleiner alter
Drache und klammerte sich
an einen Ast.
„Ist die Affenbande weg?",
fragte er.

„Ja, Professor", nickte der Panda.
Professor Bi-Huhn-Won-Ton
kletterte langsam hinab.
„Gütigsten Dank für die Rettung! Wie
kann ich mich erkenntlich zeigen?",
fragte der kleine Bambusdrache.
„Wir brauchen Drachen-Hals-
Schmerz-Medizin!", rief Leander
sofort.
„Oh", hauchte der Professor traurig.
„Leider habe ich keine Medizin
mehr. Die Affenbande hat alles
zerstört."

Die geheime Schatzhöhle

„Machen Sie doch einfach neue Medizin", schlug Leander vor.
„Das ist nicht so einfach", sagte der Bambusdrache. „Ich brauche dafür viele Kräuter. Es dauert sehr lange, bis ich die alle gesammelt habe."
Leander überlegte. Dann rief er: „Die Affen müssen uns helfen! Ich weiß auch schon, wie."
Der Panda schüttelte den Kopf. „Die helfen uns nie im Leben!"
Herr Schnabelhorst schmunzelte. „Ich werde sie darum bitten."

Die Affen bekamen eine Affen-
Angst, als Herr Schnabelhorst sie
um Hilfe bat.
Sie rasten in einem Affen-Tempo
los, um Kräuter zu sammeln.

Danach versprachen sie sogar, Professor Bi-Huhn-Won-Ton von nun an in Ruhe zu lassen.

„Gütigsten Dank!" Professor Bi-Huhn-Won-Ton verbeugte sich vor Herrn Schnabelhorst. „Ich wünschte, ich könnte etwas für Sie tun."

Leander räusperte sich.

„Wir brauchen die Drachen-Hals-Schmerz-Medizin!"

„Oh! Natürlich, natürlich!", rief der winzige Drache.

Schnell braute er die Medizin und gab sie Leander. Zum Abschied schenkte er Leander einen kleinen Drachen aus Porzellan.

„Das ist eine Teekanne. Wenn
heißer Tee in der Kanne ist, kommt
Dampf aus dem Maul des Drachen."
Der Panda flüsterte Professor Bi-
Huhn-Won-Ton zu: „Sind Sie sicher,
dass Sie Ihre schönste Teekanne
verschenken wollen?"
„Aber ja", nickte der Bambusdrache,
„man sollte nur Dinge verschenken,
die man selbst schön findet."

Dann verbeugte er sich erneut vor
Leander und Herrn Schnabelhorst.
Herr Schnabelhorst war sehr gerührt
und versuchte ebenfalls sich zu
verbeugen.
Aber er verlor das Gleichgewicht
und fiel auf den Bauch.
Leander und der Panda kicherten.
Dann räusperte sich der kleine
Panda. „Hier ist etwas Bambus-Tee,
den möchte ich euch gerne
schenken", sagte er zu Leander
und Herrn Schnabelhorst.
Professor Bi-Huhn-Won-Ton
lächelte. „Bambus-Tee ist der
Lieblingstee von Pandas."

Jetzt war auch Leander gerührt.

„Vielen, vielen Dank", sagte er.

Leander und Herr Schnabelhorst
bedankten sich herzlich für die
Geschenke.

Dann flogen sie nach Brasilien. Hier
wohnte nämlich Senjor Mausohr, der
Vetter von Herrn Schnabelhorst.

Sie gaben ihm die Drachen-Hals-
Schmerz-Medizin. Er war überglück-
lich. Sofort nahm er einen großen
Schluck. Er wartete einen kleinen

Moment ab. Dann strahlte er. Seine
Halsschmerzen waren weg.
So schnell wirkt die Drachen-Hals-
Schmerz-Medizin.
Leander und Herr Schnabelhorst
flogen zurück zum Südpol.
„Was machst du eigentlich mit all
deinen Schätzen?", wollte Herr
Schnabelhorst wissen.
„Mit welchen Schätzen?", fragte
Leander.
„Na, den Schätzen
von unseren Reisen.
Dem Bumerang aus
Australien, dem Sack
mit Kakao aus Brasilien

und der schönen Drachen-Teekanne
aus China."

Leander überlegte eine Weile. „Ich
werde eine Höhle suchen und alle
unsere Schätze dort verstecken.
Dann haben wir die erste und
einzige Schatzhöhle am Südpol",
sagte Leander stolz.

„Das ist eine gute Idee", nickte Herr
Schnabelhorst.

„Und Rick erzähle ich davon nichts",
sagte Leander. „Dann ist es nämlich
eine geheime Schatzhöhle."

„Aber wir brauchen noch mehr
Schätze", überlegte Leander. „Helfen
Sie mir beim Schätzesammeln?"

„Aber natürlich", sagte Herr
Schnabelhorst.
Leander strahlte.
„Das ist doch das Beste, was man
haben kann: ein Geheimnis, eine
Schatzhöhle und einen Freund, mit
dem man auf Schatzsuche geht!"

Christian Berg   Carola Holland

Tamino Pinguin und
das größte und schönste
Geschenk der Welt

Es war an einem Sonntag am Südpol. Draußen stürmte und schneite
es. Drinnen war es schön kalt.
Tamino Pinguin lag in seinem
Zimmer und spielte Pingputerspiele.
Nachdem er dasselbe Spiel ungefähr
zweiundzwanzig Mal gespielt und

jedes Mal gegen sich selbst verloren
hatte, wurde ihm allmählich ziemlich
langweilig. So langweilig, dass er
beinahe einschlief.

Als er das Spiel gerade zum drei-
undzwanzigsten Mal spielen wollte,
klingelte das Pingufon.

„Hallo, Tamino, bist du es?", fragte
Pingzessin Nanuma am anderen
Ende der Leitung.

„Ja, ich bin's", sagte Tamino. „Schön, dass du anrufst. Mir ist sooo langweilig. Wollen wir uns nicht treffen?"

„Nein, ich habe leider überhaupt keine Zeit. Muss Vorbereitungen treffen", antwortete Nanuma. „Du weißt doch: Ich habe über- morgen Geburtstag."

„Ach, stimmt ja", schwin- delte Tamino, denn Nanumas Ge- burtstag hatte er völlig vergessen. „Was wünschst du dir denn von mir?"

„Groß muss es sein – und schön",
sagte Nanuma. „Dir wird bestimmt
etwas einfallen. Aber jetzt muss ich
Schluss machen, Tamino. Ich muss
noch alle meine Freundinnen
anrufen und sie zu meiner Feier
einladen. Tschüss!"
Und schon hatte sie aufgelegt.

Am nächsten Tag ging Tamino
gleich nach dem Mittagessen ins
Pingkaufcenter. Dort gab es jede
Menge Geschenke und bestimmt
auch eins für Nanuma. Tamino hatte
sich gerade ein wenig umgesehen,
als auch schon ein gut gekleideter

Pinguinverkäufer auf ihn
zugeschossen kam.

„Guten Tag, junger Mann", näselte
er eingebildet. „Kann ich Ihnen
helfen?"

„Ja, bitte", sagte Tamino, „ich suche ein Geburtstagsgeschenk für meine Freundin, Pingzessin Nanuma."

„Oh, für eine Pingzessin", lächelte der Verkäufer. „Da haben wir einiges anzubieten: hübsche Hüte und Haarspangen, Eisperlenketten, Eisblumenvasen, Kochtöpfe aus Gold, Fischgrätbesteck, Pingputer, Pingseher und Pingsettenrekorder …"

„Nein, so was nicht", unterbrach ihn Tamino, „ich dachte eher an …"

„Ich hab's: eine zwölfstöckige Eiscremetorte mit Makrelengeschmack und elektrischer Beleuchtung!", rief der Verkäufer.

„Ich weiß nicht, ob Nanuma sich darüber freuen würde", sagte Tamino. „Ich schaue lieber noch mal woanders. Auf Wiedersehen!"
Vor dem Pingkaufcenter traf Tamino seinen besten Kumpel Atze, der gerade auf dem Weg zum Pingtarrenunterricht war.
„Atze, fällt dir etwas ein, was ich Nanuma zum Geburtstag schenken könnte?", fragte Tamino.

„Schenk ihr doch ein Pingsurfbrett",
schlug Atze vor, „dann könnt ihr
immer zusammen pingsurfen gehen."
„Ich weiß nicht ...", meinte Tamino.
„Nanuma mag Pingsurfen nicht, weil
ihr dabei immer die Krone vom Kopf
rutscht."
„Sonst fällt mir auch nichts ein",
sagte Atze. „Nanuma hat doch
schon alles, was ein Pingzessinnen-
herz begehrt, oder? Aber jetzt muss
ich wirklich weiter. Tschüss,
Tamino, bis morgen in der Schule!"
Tamino kratzte sich am Kopf. Da
hatte er eine Idee: Ephraim, der
weise Buckelwal, konnte ihm

bestimmt weiter-
helfen! Doch
der war heute
auch keine
große Hilfe. Er
spielte nämlich
gerade mit seiner
Verlobten Emily Pott
Fangen und hatte über-
haupt keine Zeit, Tamino
einen Rat zu geben.
„Wenn man sich wirklich
lieb hat, Tamino, fällt
einem immer etwas ein,
womit man dem anderen
eine Freude machen kann",

174

schnaubte er und verschwand mit
Emily wieder in den Fluten.
Tamino watschelte nach Hause. In
seinem Kopf arbeitete es fieberhaft,
aber ihm fiel und fiel nichts ein. Ob
Mama eine Idee hatte?
Aber Mama war bei ihren Freundinnen zum Eiswassertrinken. Dafür
war Papa da. Die ganze Küche war
in eine einzige Eier- und Fischpampe
getaucht, denn Papa versuchte
gerade, Fischpfannekuchen fürs
Abendessen zu backen.

„Papa, kann ich dich mal was fragen?", fragte Tamino und setzte sich mit eingezogenen Beinen auf einen Stuhl, um nicht mit den Füßen in der Pampe zu stehen.
„Alles, mein Sohn, nur nicht, wann es heute Abendessen gibt", antwortete Papa und warf einen Pfannekuchen in die Luft.

„Kannst du mir vielleicht sagen, was ich Nanuma zum Geburtstag kaufen soll?", fragte Tamino. „Sie hat doch schon alles!"
„Wer sagt denn, dass du ihr etwas kaufen musst?", meinte Papa geistesabwesend. „Dir fällt bestimmt etwas ein. Und jetzt lass mich bitte in Ruhe Pfannekuchen backen. Wenn deine Mutter diese Bescherung hier sieht, trifft sie der Eisschlag."

Tamino watschelte hinaus in die
Dämmerung und grübelte über das,
was Papa gesagt hatte, nach.
Gedankenverloren achtete er gar
nicht darauf, wohin er eigentlich
watschelte, und plötzlich stand er
vor dem Eispalast, in dem Nanuma
mit ihrem Papa und ihrer Mama
wohnte.
In Nanumas Zimmer brannte Licht.
Tamino setzte sich auf einen
Schneehügel und schaute zu
ihrem Fenster hinauf.
„Ach, Nanuma",
seufzte er. „Wie kann
ich dir nur zeigen,

dass ich mein Herz an dich verloren habe?"

Im selben Augenblick hatte er die rettende Idee, sprang auf und machte sich sogleich ans Werk. Der Mond, Freund und Beschützer aller Pinguine, schaute zu, wie Tamino mit den Flügeln Schnee zu einem Haufen zusammenschob. Bald war der Haufen so groß wie Tamino, dann so groß wie seine Lehrerin, Frau Robbe, dann so groß wie Harald, der See-Elefant. Größer und immer größer wurde der Schneehaufen, fast war es schon ein kleiner Berg. Tamino kletterte hinauf und machte sich an die eigentliche Arbeit. Schließlich musste das größte und schönste Geburtstagsgeschenk der Welt am nächsten Morgen fertig sein!

Als Nanuma aufgewacht war, sprang sie aus dem Bett und rannte zum Fenster, weil sie sehen wollte, ob sie schönes Geburtstagswetter hatte. Und das hatte sie! Die Sonne strahlte vom Himmel, als wollte sie ihr selbst gratulieren. Nanuma blinzelte in das helle Licht – und traute ihren Augen nicht. Was war denn das?

Vor ihrem Fenster ragte ein riesiges Herz aus Schnee in den Himmel empor. Darauf stand: „Tamino liebt Nanuma!" Und unter dem Herz lag Tamino Pinguin und schlief tief und fest.

Nanuma stürmte nach draußen.

Mit dem größten und schönsten Kuss, den Nanuma ihrem Tamino jemals gegeben hatte, weckte sie ihn.

„Ach, Tamino", sagte sie, „ein größeres und schöneres Geschenk habe ich noch nie bekommen!"

„Gern geschehen", meinte Tamino. „Alles Gute zum Geburtstag! Ich freue mich, dass du dich freust. Aber jetzt hätte ich gerne ein anständiges Frühstück!"

„Das sollst du

haben", sagte Nanuma, „das größte und schönste Frühstück der Welt!" Sie hakte Tamino unter und führte ihn in den Palast.

Nanumas Geburtstagsfeier wurde ein voller Erfolg. Alle hatten ihren Spaß. Der Thronsaal war mit Eis-zapfen-Girlanden geschmückt. Es gab Eistorte und Eisschokolade mit Heringssahne. Und es wurden lustige Spiele gemacht, Makrelen-schnappen zum Beispiel und Schneegroßfüßler-um-die-Wette-Bauen.* Nanuma war glücklich. Tamino war ein bisschen müde,

(* Großfüßler nennen die Pinguine die Menschen.)

denn er hatte ja fast die ganze Nacht durchgearbeitet. Und Nanumas Freundinnen waren ein bisschen neidisch. Nicht so sehr auf all die Geschenke, die Nanuma bekommen hatte. Nein, so einen Freund wie Tamino wollten sie auch haben! Nanuma freute das sehr, denn sie wusste, dass eigentlich ihr Tamino das größte und schönste Geschenk der Welt für sie war.

Christian Tielmann   Susanne Dinkel

Autoverrückt

Florian Flottbek kam aus einer
wirklich verrückten Familie.
Sein Uropa war verrückt nach Autos.
Seine Oma war verrückt nach Autos.
Sein Papa war verrückt nach Autos.
Und Florian selbst war
auch nicht
viel besser.

Das war stadtbekannt und kein
Problem.

Aber eines sonnigen Samstags, als
die vier autoverrückten Flottbeks
gerade zu einer schönen Spazier-
fahrt durchs Grüne aufbrechen
wollten, sagte Florians Mutter:
„Wenn ihr sowieso nur durch die
Gegend kurvt, dann könnt ihr auch
eben noch Tante Elke nach Hause
fahren."

Es war stadtbekannt, dass die Flottbeks hilfsbereite Menschen waren,
die gut und gerne eine ganze Herde
Schafe, zwei Klassen voll Schüler
und an die dreißig Damen und

Herren aus der näheren und ferneren
Verwandtschaft jederzeit und gerne
nach Hause fuhren.
Das war kein Problem.
Aber musste es an diesem sonnigen
Samstag ausgerechnet …
… Tante Elke sein?

Tante Elke hasste Autos! Die konnte
doch noch nicht mal ein Ersatzrad
von einem Lenkrad unterscheiden.
Und Tante Elke wurde immer sofort
schlecht, sobald die Flottbeks mal
ein bisschen Rallyefahrer spielten.

Außerdem wohnte sie nicht im Grünen, sondern im Grauen.

Kann die nicht mit der Bahn fahren?, dachte Florian.

„Kann die nicht mit der Bahn fahren?", fragte Uropa.

„Die Bahn fährt erst in zwei Stunden!", antwortete Florians Mutter und sah Uropa streng an. Und wenn Florians Mutter so guckte, dann hieß es: Klappe halten!

Natürlich wollte Tante Elke nicht den schönsten und auch nicht den kurvigsten Weg nehmen. Nein, sie wollte auf dem schnellsten Weg nach Hause.

Aber kaum waren sie
auf der Autobahn, musste
Oma auch schon bremsen.
„Juhu, Stau!", rief Uropa.
„Juhu? Was heißt denn da Juhu?
Ein Stau, das ist doch das Blödeste
von der Welt! Typisch Auto!",
schimpfte Tante Elke los und
versank vor Ärger fast in ihrem Sitz.

So'n Quatsch, die hat doch keine
Ahnung, dachte Florian.
„So'n Quatsch, du hast doch keine
Ahnung", sagte Uropa.
„Ein Stau ist echt spannend, Tante
Elke", versuchte Florians Papa die
Tante aufzumuntern. „Was man da
alles sehen kann! Guck doch nur
mal da drüben!"
Sie sahen den Denker und den
Drängler, die fast immer als Pärchen

auftauchen, auch wenn sie sich nicht besonders mögen.

Oma entdeckte einen Popler. Sie sahen den Typen, der jeden Tag hier steht, weil er am einen Ende vom Stau wohnt und am anderen Ende vom Stau arbeitet.

Da war die gestresste Familie auf dem Weg in den wunderschönen Urlaub. Und die gestresste Familie auf dem Heimweg von dem wunderschönen Urlaub. Außerdem gab es jede Menge wichtige, extrem wichtige und wirklich wichtige Leute. Aber das alles interessierte Tante Elke irgendwie nicht so richtig.

„Ich kenne eine Abkürzung", sagte Oma. Sie fuhr auf einen Parkplatz, bog hinter dem Klohäuschen auf einen Feldweg ein und brauste

zwischen den Feldern hin-
durch direkt in einen Tunnel.
„Tunnel!", schrien die
vier Flottbeks wie
aus einem Mund
und Oma hupte
wie verrückt.
„Sagt mal, tickt ihr noch richtig?", rief
Tante Elke nach dem Tunnel. „Ihr
habt mich zu Tode erschreckt! Was
soll denn das Geschrei? Macht ihr
das etwa bei jedem ..."
Aber weiter kam sie nicht. Denn
Oma fuhr schon wieder in einen
Tunnel und die Flottbeks riefen aus
voller Kehle: „Tunnel!"

Denn der Tunnelschrei
gehörte nun mal einfach
zu einer gescheiten
Autofahrt wie die
Butter zum Brot.
So fuhren sie
durchs Grüne und

zeigten Tante Elke alles, was eine
schöne Autofahrt zu bieten hatte.
Sie erklärten ihr, wie man einen
Sportwagen fährt …
… und wie man in einem Rennwagen
sitzt …
… und sie verrieten ihr sogar, wie es
in einem Raketenauto zugeht.
Und als Tante Elkes Pobacken vom

vielen Sitzen ein-
schliefen, zeigten sie
ihr die Flottbek'sche
Po-Gymnastik.
Die war stadtbekannt
und half bei Po-
Problemen aller Art.

„Mit der Bahn wäre ich
zwar zehnmal schneller
gewesen", sagte Tante

Elke, als sie am frühen Abend
endlich bei ihrem Haus ankamen.
„Aber trotzdem vielen Dank, dass
ihr den Umweg gemacht habt."
„Umweg?", fragte Oma. „Hast du
gerade Umweg gesagt? Das ist eine
prima Idee!"
Und noch ehe Tante Elke „Kommt
gut nach Hause" sagen konnte,
fuhren die Flottbeks zurück auf die
Straße, aber …
… statt direkt und schleunigst nach
Hause zu fahren, riefen Uropa, Oma,
Papa und Florian Flottbek an der
ersten Ecke: „Umweg!" und bogen in
eine ziemlich falsche Richtung ab.

Michael Ende   Volker Fredrich

Die Rüpelschule

Im Lande Hule-Sule,
zehntausend Tagesreisen weit,
da gibt es eine Schule
für Ungezogenheit.
Da prahlt und protzt man,
da motzt man und trotzt man,
und wer dort am lautesten tobt,
wird sehr von den Lehrern gelobt.
Erst sind die Kinder reinlich,
bescheiden, still und artig nur.

Es klingt ganz unwahrscheinlich:
So sind sie von Natur!
Und erst in der Schule
im Land Hule-Sule
lernt jedes mit Mühe und Fleiß,
was hier schon das kleinste Kind
weiß.

Erst lernt man dort die Sitte,
dass man sich nimmt,
bevor man fragt,
und dass man auch nicht Bitte
und niemals Danke sagt.
Beim Essen zu schmatzen,
dazwischenzuschwatzen,
das lernen die
meisten im Nu;
zu dumm ist fast
keines dazu.

Doch in den nächsten Klassen,
da übt man, wie man sich
beschmutzt.
Man muss die Seife hassen,
kein Wasser man benutzt.
Der Hals samt den Ohren
bis tief in die Poren
muss schwarz sein so wie
das Gesicht:
So lautet die bittere Pflicht!
Nun wird die Sache schwierig,
weil man jetzt auch noch lernen soll:
Wie macht man Möbel schmierig
und saut die Wohnung voll?
Das Spritzen und Matschen,
das Kleckern und Platschen,

wer das nicht beherrscht

wie im Schlaf,

bleibt sitzen und gilt als ein Schaf.

Und weiter ohne Säumen

studiert man nun die Schlamperei:

Sein Zeug nicht aufzuräumen,

das ist die Kunst dabei!

Den Kamm zu den Würsten,

das Buch zu den Bürsten,

wirf alles dorthin, wo es stört –

nur ja nicht, wohin es gehört!

Nun gilt's gut aufzupassen!

Der Lehrer spornt die Kinder an:

„Ihr müsst euch gehen lassen,

sonst kommt ihr nie voran!"

Sich flezen und räkeln

und quengeln und mäkeln,
wie fällt das doch manchen so
schwer!
Da schwitzen die Kinder schon sehr.
Das große Nerven-Sägen
erlernen nur die Besten gut:
sich auf den Boden legen
und strampeln voller Wut.
Auch Heulen
und Maulen

und Kreischen und Jaulen,
Krakeelen und Poltern mit Kraft,
manch einer hat's niemals geschafft!

Zum Schlusse prüft man jeden
sehr streng in Bosheit,
Zank und Streit,
Zerstören, frechen Reden
und Rücksichtslosigkeit
wie Schubsen und Drängeln
und Nasenzerdängeln!

Nur wer das Examen bestand,
wird rühmlich zum „Rüpel" ernannt!
Ich kenne ein paar Kinder
(dabei hab ich nicht dich im Sinn),
für die wär's viel gesünder,
man schickte sie dorthin.
Doch fern liegt das Land
Hule-Sule genannt,
drum müssen bei uns sie versauern,
was wir nur mit ihnen bedauern.

Jeanette Randerath   Günther Jakobs

Du bist ein echtes Wundertier

Der Seehund und das Deichschaf
strolchten am Strand entlang, als
das Meer ein Stück Treibholz
anspülte.

Darauf lag ein kleiner Vogel mit herunterhängenden Flügeln.

„Oh, guck mal", sagte der Seehund und hob das Holzstück auf. „Der kleine Vogel ist ertrunken."

Der Kleine plinkerte kurz mit einem Auge.

„Hast du gesehen?", wisperte das Deichschaf aufgeregt. „Er lebt!"

„Es ist eine Trottellumme", stellte
der Einsiedlerkrebs fest, als er den
kleinen Vogel untersuchte. „Zum
Glück hat sie sich nichts gebrochen.
Sie ist nur total erschöpft. Erst mal
muss sie sich richtig ausschlafen
und dann was Ordentliches zu
fressen bekommen."

„Bin schon unterwegs, haha", rief
die Lachmöwe, die den letzten Satz

aufgeschnappt hatte, und schwang
sich in die Lüfte.

Alle hatten die kleine Trottellumme
sehr lieb. Sie durfte auf dem Bauch
des Seehunds schlafen. Die Möwe
fütterte sie. Das Deichschaf sang ihr
was vor und der Krebs passte auf
sie auf.

Langsam erholte sich die kleine
Trottellumme.

Später, verabredeten die anderen
Tiere, sollte ihr jeder das beibringen,
was er am besten konnte.

„Ich könnte ihr zeigen, wie man
heult", schlug der Seehund vor,
als die kleine Trottellumme wieder
gesund war.
Die anderen waren einverstanden.

So schön heulen, dass es einem durch Mark und Bein ging, das konnte nur der Seehund.

Der Seehund setzte sich vor die kleine Trottellumme.

„Guck genau zu", sagte er. „Du hältst den Kopf hoch und machst ‚huuuhuuuu'. Siehst du? Jetzt bist du dran."

Die kleine Trottellumme schaute den Seehund freundlich an, machte aber keinen Mucks.

Der Seehund übte den ganzen Morgen mit ihr. Am Ende war er heiser und hatte sich auch noch verschluckt.

Die kleine Trottellumme musste so lachen, dass auch der Seehund aufhörte zu heulen.

„Wir üben weiter, hicks, wenn mal wirklich was Trauriges passiert", sagte der Seehund.

Er nahm die kleine Trottellumme auf den Rücken, sprang mit einem Riesenplatscher ins Wasser und tauchte mit ihr zur Sandbank. Während er auf der Sandbank schlief, sprang die kleine Trottel-lumme ins Wasser und tauchte zu den Muscheln hinunter. Dabei schlug sie einen Purzelbaum. Sie konnte tauchen.

„Ich könnte der kleinen Trottellumme
das Schreiben beibringen", sagte
der Krebs am nächsten Morgen.
Die anderen waren einverstanden.
So schön schreiben, dass man
seinen Augen kaum traute, das
konnte nur der Einsiedlerkrebs.
„Die kleine Trottellumme lernt
schreiben", schrieb der Krebs mit
seiner schönsten Schrift.

Die kleine Trottellumme patschte
über die Schrift und stolperte über
ihre Füße.
„Nicht picken, schreiben", erklärte
der Einsiedlerkrebs.
„Picken", sagte die kleine Trottellumme so leise, dass der Krebs es
nicht hören konnte.
Am Abend war der Einsiedlerkrebs
ein bisschen enttäuscht. „Ich glaube,
sie hat eine Schön-
schreib-
schwäche",
sagte er.

„Schönschreibschwäche", sagte die kleine Trottellumme laut, als die anderen eingeschlafen waren. Das war ein besonders schwieriges Wort. Zufrieden gähnte sie. Sie konnte sprechen.

„Ich könnte ihr beibringen, wie man den Krebs ärgert", schlug die Lachmöwe vor. „Das kann ich am besten und es macht Spaß."
Der Krebs wurde rot vor Ärger und der Seehund und das Deichschaf schimpften mit der Möwe. „Wenn du ihr nichts Wichtiges beibringst, dann kannst du gleich abrauschen."

„Na gut", sagte die Möwe. „Ich bring ihr bei, wie man etwas aufschnappt."

„Einverstanden", sagten die anderen Tiere.

Eine ganze Stunde lang warf die Lachmöwe der kleinen Trottellumme Steinchen und Holzstücke zu.

Die Möwe gab sich wirklich Mühe. Doch statt sie aufzufangen, flatterte die kleine Trottellumme immer hoch, um nicht getroffen zu werden.

„Lass uns eine Pause machen", schlug die Lachmöwe vor.

Während sie ein Nickerchen im Sand machte, flog die kleine Trottellumme auf einen Aussichtspfahl im

Meer. Dort breitete sie ihre Flügel
aus und ließ den Meerwind darin
sausen. Sie konnte fliegen.

„Ich könnte ihr beibringen, wie man
rechnet", schlug das Deichschaf vor.
Die anderen Tiere waren einverstanden.

Keiner war so schlau wie das Deichschaf. Das Deichschaf rechnete der
kleinen Trottellumme mit Muscheln
vor, wie viel 1 plus 1 und 2 mal 3 ist.
Es zählte die heranfliegenden Vögel
zusammen und zog die wegfliegen-
den wieder ab, zeigte aufs Meer und
zählte die Schiffe.

Auf dem Rückweg durch die Dünen
fragte es: „Wie viele Streifen hat der
Leuchtturm?"

Die Trottellumme stolperte über ihre
kleinen Füße und guckte das Deichschaf erwartungsvoll an.

„Du hast es immer noch nicht
kapiert", sagte das Deichschaf.

„Du bist wohl noch zu klein." Das Deichschaf war so erschöpft vom Rechnen, dass es im Stehen ein-schlief. Die kleine Trottellumme baute mit Muscheln einen Leucht-turm.

„Das sieht schön aus!", sagte sie, als sie fertig war.

Doch bevor das Deichschaf
aufwachte, hatte die Flut das Bild
wieder weggespült.

In der folgenden Nacht kam eine
schreckliche Sturmflut auf, die alles,
was nicht niet- und nagelfest war,
durch die Luft schleuderte.
Der Seehund dachte: Wie gut, dass
die kleine Trottellumme heute Nacht
in der Höhle vom Einsiedlerkrebs
schläft.
Der Krebs dachte: Wie gut, dass die
kleine Trottellumme heute Nacht mit

den Deichschafen geschützt hinter
dem Deich sitzt.

Am nächsten Morgen aber, als sich
der Sturm wieder gelegt hatte und
die Freunde sich trafen, war die
kleine Trottellumme nicht dabei.
Sie war verschwunden. Die Freunde
suchten überall nach ihr.
Auf allen Sandbänken und in allen
Strandhöhlen.
Auf allen Felsen hoch über dem
Meer. Und auf dem Meeresgrund.
Doch die kleine Trottellumme blieb
verschollen.

„Unsere kleine Trottellumme", heulte der Seehund. „Vielleicht ist sie ertrunken. Sie konnte ja noch nicht schwimmen. Huhuuuhu."

„Sie war so ein besonderes Tier." Der Krebs wischte sich eine Träne aus dem Auge. „Wenn sie wenigstens sprechen würde, dann könnte sie jetzt nach dem Heimweg fragen."

„Na gut", krächzte die Lachmöwe. „Die kleine Trottellumme war keine Super-Aufschnapperin, aber wenn sie wenigstens fliegen könnte, dann hätte der Sturm sie nicht fortgeweht."

„Sie weiß noch gar nicht, wie

schön die Welt ist", schniefte das
Deichschaf. „Wie viel Freude es
macht, eine schwierige Rechen-
aufgabe zu lösen oder einen
unerforschten Weg zu entdecken."
„Wisst ihr noch, wie süß es aus-
gesehen hat, wenn sie über ihre
kleinen Füße gestolpert ist?", heulte
der Seehund.
„Ja, ja, ja", heulten die anderen
Tiere.

Da sahen sie auf einmal, wie aus
der Ferne etwas auf sie zustolperte.
Es war die kleine
Trottellumme.
Die vier jubelten
vor Freude.
„Wo kommst
du denn her?
Wo bist du
gewesen? Was ist
passiert?",
fragten
alle durch-
einander.

„Zuerst hat mich der Sturm in die Luft gerissen", erzählte die kleine Trottellumme erschöpft. „Dann bin ich zu einer Sandbank geflogen. Dort hat mich eine große Welle ins Meer geschleudert und ich bin an den Strand getaucht. Da hab ich eine nette Wasserschildkröte nach dem Weg zum Leuchtturm gefragt."

„Aber woher kannst du denn fliegen, tauchen, sprechen und den Weg zum Leuchtturm finden?", fragten sie verblüfft.

„Na, von euch natürlich!", sagte die kleine Trottellumme.

„Unsere kleine Trottellumme ist ein echtes Wundertier!", sagte der Seehund stolz und die anderen nickten glücklich.

Angelika Glitz   Imke Sönnichsen
Das Findel-Ei

Einmal flog ein Ei vom Himmel.
Es landete – plumps – im Nest
von Frieda Gefieder.
Doch die putzte gerade ihre
Federn und merkte nichts.
Erst als die Kleinen
schlüpften, wunderte sie sich etwas.
„Hallo, Mama!"
„Hallo, Mama!"

„Hullo, Mumu!"

„Wer sagt hier Mumu?", fragte sie.

„Ubu", sagte ein Kleiner und
wackelte lustig mit den Ohren.

„Hör mal zu, Kleiner", sagte Frieda
Gefieder. „Ich bin nicht deine Mumu.
Ich bin deine Mama!"
„Mumu", trötete das Ubu.
„Nein, Kind, sprich mir langsam
nach: M – a – m – a!"
„Mumuu!"
„MAMA, MAMA, MAMA!"
„Mumu, Mumu, Mumu!"
Sie übten so lange, bis sich drei
Stockwerke höher Elli Eule
beschwerte.
„Huhu", schimpfte Elli Eule. „Wie
soll man denn bei so 'm Radau den
ganzen Tag verschlafen?"
„Ich übe doch bloß mit meinem Kind

sprechen", krächzte Frieda Gefieder.
„Es hat einen Sprachfehler."
Da guckte Elli Eule dem Ubu in
die Ohren. Sie schaute ihm in den
langen, langen Hals und wusste
Bescheid. „Das ist nicht dein Kind,
liebe Frieda. Das ist logisch eine
Giraffe."
„Und was hat eine Giraffe in meinem
Nest zu suchen?"
Das wusste Elli Eule auch nicht.
Also setzten sie das Ubu im Giraffen-
tal aus.
Dort traf es Mama Gaff und Töchter-
chen Gitti. Die frühstückten Wipfel-
klee und kauten, ohne zu krümeln.

„Mumu?", fragte das Ubu. „Wuu
guht's? Wuu stuht's?"
Mama Gaff rümpfte tadelnd die
Nase. „Beim Essen spricht man
doch nicht", schmatzte sie vornehm.
„Guck, wie hübsch meine kleine Gitti
schon essen kann."
Ja, Hunger hatte das Ubu auch.
„Flupsch, flupsch", saugte es zwei

Wipfelkleeblätter in den Rüssel. Die
blieben darin stecken. Und es
musste niesen. „Huutschuuuh!"
Leider Mama Gaff mitten ins
Gesicht. Mama Gaff fiel beinah in
Ohnmacht.

„Du isst wie ein Schwein", empörte sie sich. „Und Schweine sind kein Umgang für Gitti."

Schnell zeigte sie dem Ubu den Weg zur Schweinekuhle. „Wenn du immer dieser Ameisenstraße folgst", sprach sie, „dann findest du ganz viele Schweine. Schweine wie dich."

„Uch su. Tschuss", trötete das Ubu und marschierte los.

Kein Weg war ihm zu steinig, zu hoch oder zu feucht. Doch irgendwann war es müde. Zum Glück fand es einen Sitz. Der war weich und gemütlich.

Doch nicht lange.

Denn schon brüllte Hans Haupt-
mann: „Fremdkörper im Osteingang!
Alle Ameisen in den Po beißen!
Fertig! Los!"
Die Ameisen bissen sich an der
dicken Ubuhaut aber bloß die Zähne
aus.
Also hoben sie das Ubu auf ihre
starken Schultern …
… und trugen es weit, weit fort auf
eine Dschungellichtung.

236

Dort war es still und einsam. Nur
manchmal raschelte es in den
Bäumen.

„Mumu", trompetete das Ubu.

„Mumu!"

Das hörte Mampfred Maul, der
gerade aus dem Sumpf auftauchte.
Er hatte noch Schlamm in den
Ohren und verstand: „Muh-Muh,
Muh-Muh!"

Da steht ja eine Dschungelkuh,
dachte er. Und das passte ihm aus-
gezeichnet, denn Tauchen macht
hungrig. Langsam kroch er näher.

„Mumu, Mumu!", trötete das Ubu
und winkte.

„Ja, du bist eine feine Muh-Muh",
säuselte Mampfred Maul.

Er riss sein Maul auf und einhundert
Zähne blitzten in der Sonne.

Das Ubu hielt sich erschrocken an
einem Stein fest.

(Aber das war gar kein Stein,

sondern ein Fuß mit Tupfen. Tupfen, wie das Ubu sie hatte.)

Der Tupfenfuß trat Mampfred Maul aufs Maul. Und Mampfred biss sich auf die Zunge.

„Schu Hiefe!", schrie er. „Schu Hiefe! Hier ich ei Monscher u wi mich freschen!"

Da kamen die Tiere gerannt. Sie wollten das Monster sehen, das Mampfred Maul fressen wollte.

Dabei war es nur die Ubu-Mama. Sie war vom fernen Planeten Ubunus gekommen, um das Ubu zu suchen. Es war ihr beim letzten Vulkan-ausbruch aus dem Nest geflogen.

„Muun Sußur!", posaunte sie. „Uch
hubu duch su lungu gusucht.
Uuf dum Murs. Uuf dum Mund. Uuf
dur Vunus. Und jutzt flugun wur
nuch Huus."
Vorher gab sie dem Ubu noch ein
Fläschchen Lavamilch zu trinken
und wedelte vor Glück mit dem
Schwanz.

Der Schwanz war dick und kräftig.

So kräftig, dass er die Tiere –

wusch – von der Erde fegte …

… ins Weltall hinein.

Dort flogen sie immer der Milch-

straße nach, bis in eine ferne

Galaxie, genau auf den Planeten

Ubunus zu.

Wo sie vom Himmel fielen …

… und in einem Nest landeten.

„Wu kummun duu dunn hur?"

„Wuu suhun duu dunn uus?"

„Wuu trunkun duu dunn Luvumulch

uhnu Russul?"

241

Rätsel

Von wie vielen Vampiren träumt Max?
Setze das Wort „Vampir" so oft wie möglich
zusammen.

Achte genau auf die Anzahl der Buchstaben.

Otfried Preußler

Wo steckt Tella?

Das ist der Lori – und das
ist die Tella.
Tella und Lori sind gute
Freunde.
  Wenn Lori am Morgen
    erwacht,
     sitzt Tella
    schon auf
  der Bettkante.

Dann machen sie Katzenwäsche –
dann gibt es Frühstück – dann
spielen sie miteinander.
Eines Tages ist Tella verschwunden.
Wo steckt Tella? Lori und seine
Mutter suchen im Haus – sie suchen
im Keller – und auf dem Dachboden.

Lori ruft seine Freunde herbei: die
Moni, den Hannes, die Hanna und
die Maria. Sie klingeln bei allen
Nachbarn. Sie fragen die Zeitungs-
frau und den Postboten.
Niemand hat Tella gesehen.
Tella ist weg. Wo steckt Tella?
Moni ruft ihre großen Geschwister
zu Hilfe.
Martin sucht mit dem Fernglas die
Bäume ab.
Sabine lockt Tella mit zärtlichen Ru-
fen.
Wo steckt Tella?
Nicht im Kaninchenstall – nicht im
Wäscheschrank.

Der Abend bricht an. Die ersten
Sterne erscheinen am Himmelszelt.
Es wird Zeit, dass Lori zu Bett geht.
Lori ist traurig. Tella ist weg.
Wo steckt Tella?
Tella liegt friedlich in Loris Bett. Dort
hat sie den Tag verschlafen.

Lori ist glücklich – und Tella verschwindet durchs Fenster. Heute ist
Vollmond. Sie hat eine Menge vor.

Autorenverzeichnis

Quellenverzeichnis (Text und Abbildungen)

Sofern nicht anders vermerkt, liegen die Rechte der in diesem Band abgedruckten Beiträge beim Thienemann Verlag (Thienemann Verlag GmbH, Stuttgart/Wien).

Berg, Christian: *Tamino Pinguin und das größte und schönste Geschenk der Welt.* Aus: Berg, Christian/Holland, Carola: *Tamino Pinguin und das größte und schönste Geschenk der Welt.* 2004.

Ende, Michael: *Die Rüpelschule.* Aus: Ende, Michael/ Fredrich, Volker: *Die Rüpelschule.* 2002.

Friedrich, Joachim: *Mein bester Freund und das Verlieben.* Aus: Friedrich, Joachim/Schulmeyer, Heribert: *Mein bester Freund und die Schatzsuche.* 2002.

Glitz, Angelika: *Das Findel-Ei.* Aus: Glitz, Angelika: *Das Findel-Ei.* 1999.

Kruse, Max: *Urmel in der See.* Aus: Kruse, Max: *Urmel in der See.* Illustrationen von Roman Lang nach den Originalen von Erich Hölle. 2001.

Preußler, Otfried: *Wo steckt Tella?* Aus: Preußler, Otfried/Petra Probst: *Wo steckt Tella?* 2001.

Randerath, Jeanette: *Du bist ein echtes Wundertier.* Aus: Randerath, Jeanette/Jakobs, Günther: *Du bist ein echtes Wundertier.* 2009.

Schreiber-Wicke, Edith: *Leo lernt zaubern.* Aus: Schreiber-Wicke, Edith/Holland, Carola: *Leo lernt zaubern.* 2003.

Schreiber-Wicke, Edith: *„Zahlen her!"*, *sagt der Bär*. Aus: Schreiber-Wicke, Edith/Holland, Carola: *„Zahlen her!"*, *sagt der Bär*. 2007.

Tielmann, Christian: *Autoverrückt*. Aus: Tielmann, Christian/Dinkel, Susanne: *Autoverrückt*. 2007.

Ullrich, Hortense: *Leanders Geheimnis*. Aus: Ullrich, Hortense/Sönnichsen, Imke: *Leanders Geheimnis*. 2003.

Wölfel, Ursula: *Die Geschichte von den Nilpferden*. Aus: Wölfel, Ursula/Wölfel, Bettina: *Achtundzwanzig Lachgeschichten*. 2010. S. 42-43.

Die Rätsel stammen aus:

Borlik, Michael/Mühlenberg, Eilika: *Codewort Risiko. Die Nacht der Vampire*. Rätsel-Konzeption: Anja Lohr. 2009. S. 94.

Lahusen, Caroline/Schröder, Jens: *Codewort Risiko. Die Wikinger greifen an!* Rätsel-Konzeption: Anja Lohr. 2011. S. 74.

Lösungen

Seite 43: Birkenstamm

Seite 115: $1+1+5=7$

Seite 116: $5-1=4$

Seite 117: $6-1=5$

$2+4=6$

$2+1=3$

Seite 118: $2+2=4$

Seite 119: $10-2=8$

$2+2=4$

Seite 120: $12-2=10$

$5-1=4$

Seite 121: $7-1=6$

$7-1=6$

$7-2=5$

Seite 122: $8-1=7$

$9-1=8$

$10-2=8$

Seite 123: $7+2=9$

Seite 124: $10-2=8$

$1+1+1+1=4$

$7+3=10$

Seite 125: $9+1=10$

Seite 126: $11-11=0$

$7-3=4$

Seite 127: $12-0=12$

Seite 243: Max träumt von 3 Vampiren.

Zirkus in Gefahr

Daniel Napp
**Manege frei für die
Schnüffelnasen**
160 Seiten
ISBN 978-3-522-18297-3

Ein Hilferuf erreicht die Schnüffelnasen: Im Zirkus Zimborello herrscht große Aufregung. Erst wurde ein Dompteur von einem Tiger angegriffen. Und jetzt ist auch noch ein Feuer ausgebrochen. Da stimmt doch was nicht! Sofort machen sich Polizeihund Hubertus und sein Floh Pock auf die Socken. Die Spur führt direkt in den Tigerkäfig ...